性悪天才幼馴染との勝負に負けて
初体験を
全部
奪われる話2
Goodbye,
my first experiences.

吉沢わかば　よしざわ　わかば
勝ち気で負けず嫌いだが、友達思いな女子高生。
なんでもできる小牧に勝ちたいと願い、
小さい頃からよく勝負を挑んでいた。
「水着、もっと地味なのなかったの？
無駄に派手だから、めちゃくちゃ目立ってるじゃん」

「目立つか目立たないかで言ったら、わかばも大概でしょ。
学校の水着の人なんて、あんまいないし」
梅園小牧　うめその　こまき
なんでも一番の優等生。
男女ともに人気の美人で人当たりもいいが、
わかばの前では態度が変わり——？

「最近会えてなかったから、わかば成分が不足しちゃってねー」
「なんじゃそりゃ」
河野茉凛　かわの　まつり
いつも笑顔で誰にでも優しい、
おっとり癒やし系。

「夏織、それで足りる？」
「え、あ、大丈夫です！　全然！」
GOHAN MOGUMOG
若松夏織　わかまつ　かおり
物怖じしないポジティブ少女だが、
憧れの小牧の前では固まりがち。

私は彼女の胸に、掌を押し当てた。
確かに、心臓の鼓動を感じる。
今更それに安心したりなんてしないけれど、
でも、彼女はやっぱり人間なんだって再認識した。

私は静かに、彼女の手を自分の胸に誘った。
「……何してるの」
「鼓動の交換っこ」

Goodbye,
my first experiences.
volume two

性悪天才幼馴染との勝負に負けて初体験を全部奪われる話2

犬甘あんず

角川スニーカー文庫

24117

性悪天才幼馴染との勝負に負けて

初体験を全部奪われる話2

目次　contents

illustration:ねいび

design work:伊藤ユキノブ+青木翔太（RICOL）

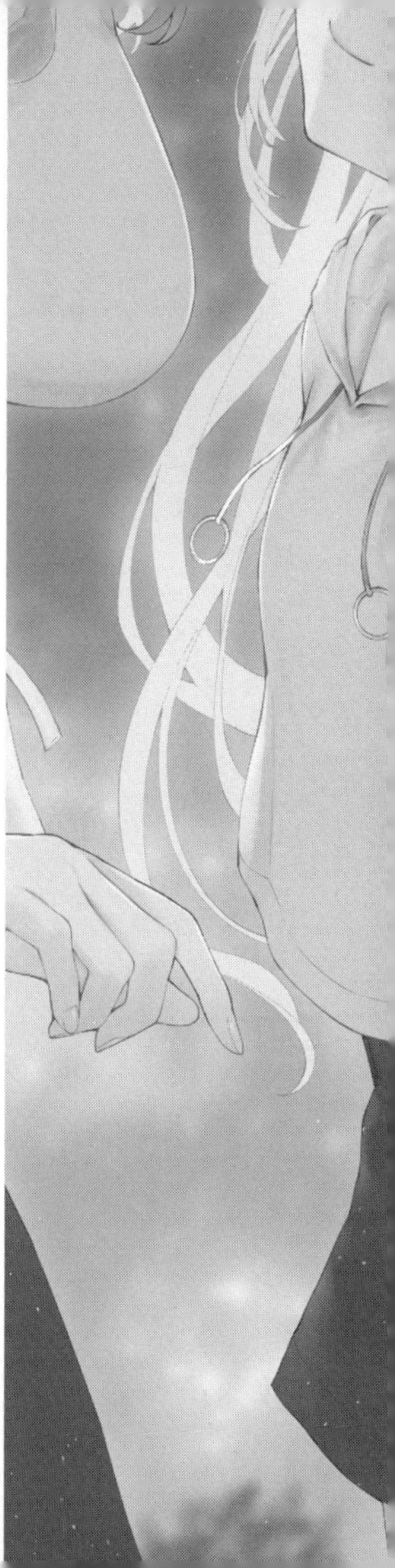

プロローグ

逆上がり。

高校生になった今では考えることすらしなくなったその運動を、小学三年生の頃の私は必死になってやろうとしていた。

その原因は一つで。

「わかば。もう帰ろうよ」

空が橙色《だいだいいろ》から群青色に切り替わり始めた時間。暇そうに鉄棒に触れながら、小牧《こまき》は言った。

良い子はお家に帰りましょう、なんて放送が流れてからしばらく経《た》って、公園にはもう人がいなくなっている。

またね、と言い合っていた他校の子たちの声も耳から完全に消えて、残されたのは静寂と私たち二人だけだ。

「やだ。絶対帰らない。今日こそは逆上がりできるようになるまで、ぜーったい帰らない！」

「そんなこと言って。この前夜遅くに帰って、お母さんに怒られて泣いてたのに」

「泣いてない！　疲れが目に出ただけ！」

小学三年生にもなって逆上がりができないことを、私は恥だと思っていた。

クラスのほとんどの子がもう逆上がりなんて平然とやっているし。小牧だって水車か何かと見間違うくらいぐるぐる回っているのだ。

このまま逆上がりができないまま日々を過ごしたら負けた気がするし、勝負で小牧に勝つなんて夢のまた夢だ。

そんな気持ちで、私はこの一ヶ月、雨の日も風の日も逆上がりの練習をしてきた。

……というのは、ちょっと嘘《うそ》。

さすがに雨の日は休んだし、お母さんがメロンのケーキを買ってくると言った日は速攻で家に帰ったりもした。でも、それでも私は本気だった。

「逆上がりなんてできなくても、わかばはわかばなのに」

そう言って、小牧は平然と逆上がりをした。

ふわりとスカートが揺れて、いつもよりずっと上に行ってしまった彼女の瞳が私を見下ろす。

む、と思った。

「それ、馬鹿にしてるでしょ」

「ううん。わかばはそのままでも、その、す……いいと思ってる」

去年のある時以来、小牧は変わった。

笑うことが多くなったし、言葉の節々に余裕とかそういうのが感じられるし、何より。

私を本気で、完膚なきまでに負かそうとするようになった気がする。

「……まあ。私は逆上がりなんて、余裕でできるけど」

「馬鹿にして！　ムカつくんだけど！」

前はもっと素直で可愛《かわい》かったのに。

私は苛立《いらだ》ったまま、ぐっと腕に力を入れた。

怒りがそうさせたのか、それとも努力の成果が出たのか。わからないけれど、私は初めて、軽やかに地面を蹴ることができた。

視界がぐるりと回って、お腹《なか》がふわりとするような感じがした。

大きな瞳が、同じ高さで私を映す。ふにゃりと、脱力した笑みが目の前にあった。

「おめでとう、わかば」

素直に褒められると、弱い。

「……う。ありがと」

「これで帰れるね。行こっか」

「ちょ、ちょっと待って！　もうちょっとよいんにひたらせて！」

「意味わかって言ってる？」

「言ってる！」

「……そっか。わかばは物知りだね」

絶対馬鹿にしている、と思う。

私だってもうすぐ九歳になるのだ。余韻がどうこうとか、大人な言葉くらいいくらだって知っているし、使える。

しりとりをしたら小牧に勝てる程度には、色々言葉を知っているつもりだ。

「わかば」

「何？」

「ううん、呼んだだけ」

彼女が私を呼ぶ声はどこか、人と違う響きがあると思う。

春っぽいというか、聞いているとなんだか、うーんって感じになる響き。それが決して悪いものでないことはわかるけれど、不思議な響きだから首を傾《かし》げてしまう。

私は鉄棒に摑《つか》まったまま、なんとなく、いつもより少し近い空を見上げた。群青と橙の境目が、徐々に私たちに迫ってきているような感じがする。

夏が終わって、秋になって、もっと秋が深まって。

紙芝居みたいにくるくると切り替わってしまう季節に対する、なんとも言えない気持ちと似たものが、私の体を満たしているような。

視線を下げたら、小牧がいた。さっきと変わらず、同じ高さのまま。小牧って、意外と付き合いがいいよな、と思う。

冬になって、今度は春になって。現実は紙芝居みたいに残りの枚数がわかったりはしないけれど。どれくらいの枚数まで、私は小牧と一緒にいるんだろう。

なんてことを、ちょっと思った。

「──ねえ」

「……ねえ」

声が重なる。私は何度か瞬《まばた》きをしてから、くすりと笑った。

「なあに、小牧」

「えっと、わかばの方から……」

「いい。なんとなく、小牧とお話したかっただけだから」

「そう、なんだ」

ただ、声が聞きたかっただけ。だから話すことなんて決まっていなかった。今日の夕飯の話でも、明日の授業の話でも、なんでもよかったのだ。だから私は、会話の始まりを小牧に譲った。

「じゃあ、えっと。えっとね……？」

　こういうところは前からあんまり変わらない。大事なことを話すときはもじもじして、煮え切らない感じ。

　だから憎めないのかもしれない、とぼんやり思う。

「わかばが私と友達になってくれたのは、私が色々できるから……だよね？」

「んー……。まあ、そうかな？」

　あまりにもなんでもできる小牧が気に入らなくて、勝負を挑んで。私たちの友情はそこから始まって、今も大部分がそこにあると思う。小牧がなんでもできる人だったからこそ、私たちは友達になった。

「じゃあ。もし、私が逆上がりなんて一生できないくらいダメダメで、誰からも可愛いって言われないような子でも……わかばは私と友達になってくれた？」

　少しだけ、声が上ずっている。あの時ほどじゃないけれど、不安そうに私を見てくるその顔は、やっぱり長く見ていたくない。

　逆上がりが一回もできない小牧。想像してみると、ちょっとおかしかった。もし小牧が、テストも全部赤点で、運動もダメダメな女の子だったら。いつも私の後ろをついてきて、カルガモの親子みたいになっていたのかも。

　そんな関係の私たちは私たちじゃないと思う。……だけど。

私はちょっとだけ名残惜しさを感じながら、鉄棒から手を離した。久しぶりの地面の感触は別に感動的ではなくて、でも、帰ってきたって感じがする。

私は小牧に手を差し出した。ためらいがちに私の手を握って地面に降りてきた小牧は、いつもと変わらない小牧だった。私はそれがなんだか嬉《うれ》しくて、ぎゅっと彼女を抱きしめた。

「わっ……わ、かば？」

「小牧は、あれだね。あったかくて、いいと思う」

「え、あ、ありがとう……？」

小牧を抱きしめた時の感触が、私は結構好きだった。頻繁にやると嫌がられそうだからあんまりしないけれど、冬場は毎日したいくらいだ。寒いし。

「なってたよ」

「え？」

「小牧がもし、何一つ自分でできないくらいダメダメで、完璧じゃなくても。きっと友達になってたと思う」

彼女の肩に、おでこをくっつけてみる。あったかくて、やっぱりいつもの小牧だった。今とは違う私たちは、「いつも」の形も違うんだろう。でも、私がいて、小牧がそこにいるのなら。どんな「いつも」がそこにあっても、私たちは友達になっていたはずだ。

「……どうして？」

　私は少し顔を離して、小牧を見つめた。天使だとか言われているだけあって、やっぱり綺麗《きれい》な顔をしている。だけど、私にとって大事なのは、小牧の顔が整っているとかそういうのじゃない。

　私はにこりと笑った。

「だって、小牧は私の――」

　言葉の途中で、視界が暗転する。私は自分が言いかけた言葉を最後まで聞くことができないまま、夢から覚めた。


「……はぁ」

　最悪の目覚め、とはこのことだろう。どうして夏休み初日から、小牧の夢を見なければならないのか。

　ため息をついてスマホを見ると、小牧から着信が入っていた。これのせいであんな夢を見たのかと思うと、電話をかけ直す気にはなれない。私はスマホをベッドに放って、立ち上がった。

　あれが現実にあった出来事なのか、それとも私の脳が作り出した幻なのか。わからないけれど、少しだけ。

なんでもできるのが気に入らなくて彼女に付き纏《まと》っていた私が、どうして「完璧じゃなくても友達になってた」なんて言ったのかが、気になる。そして、最後に私が何を言いかけたのかも。

でも、考えてもわからないのは確かだったから、私は頭の中から小牧を追い払って、家を出た。

1　夏の彼女は近くて遠い

夏休みのせいだ、と思う。

現実にあった出来事かどうかもわからない夢を見てしまうのも、小牧《こまき》についてあれこれ悩まずにはいられないのも、全部。夏休みになって自由な時間が増えてしまったせいである。

いつもなら夏休みが来たことを喜んで友達と遊び回ったりしているところだけど、今年はそんな気分にもなれない。

小牧からいつまた電話がかかってくるかもわからないいし、下手に外を出歩いたら小牧に偶然出会ってしまいそうだし。

「……ほんと、最悪」

家には小牧の痕跡が多く残っている。前にゲーセンに遊びに行った時にもらったぬいぐるみだとか、昔買ったお揃《そろ》いのシャーペンだとか。

それに、あの日勝負に負けて、服を脱いで小牧に見せた時の記憶だとか。思い出すと少し、変な気分になる。別に、あの頃にはもう、小牧に裸を見せるのが恥ずかしいとかそういうのはなかったはずだけど。

私は自分の胸に手を置いた。

どうってことはない、いつもの感触。誰に見せようと触らせようと、私は私だ。そもそも人は皆裸で生まれてきたのだから、ちょっとくらい見られたり触られたりしてもどうってことないわけで。

でも、触られている時とか見られている時はどうってことなくても、ふと思い出すと奇妙な心地になるのもまた確かで。どうして私がこんなことで悩まないといけないんだろう。

「嫌い」

誰に言うわけでもなく呟《つぶや》いて、スマホを見る。新しい着信はないけれど、それがかえってムカついて、地面の石ころを蹴飛ばした。

家にいると小牧に押し潰されそうな気がして、私は近所の公園に遊びにきていた。広い公園にはいくつも遊具があって、大小様々な鉄棒もその一つだった。自然とそちらに目を向けると、逆上がりの練習をしている子供が目に入る。

見た感じ、あの頃の私たちと同じくらいの歳かも。

いや、あの夢が本当にあった記憶かどうかは、まだわからないんだけど。

「頑張って！　もう少しもう少し！」

「う、うーん……」

応援している女の子に、苦々しい顔で鉄棒を摑む女の子。昔のことなんてほとんど思い出せないけれど、かつては私と小牧もあんな感じだったのかもしれない。なんだかおかしくなって笑うと、応援していた女の子と目が合った。

「もしかして、六年生の人？」

「えっ」

妙にキラキラした目で、女の子が私を見てくる。

もしかして私、小学生だと思われてる？

いやいやいや。

いやいやいやいや。

こちとら小学六年生どころか、その四学年上。つまり高校一年生なわけで。別に大きくなりたいとか大人に見られたいとか、そういう子供っぽい願望はないけれど。ないんだけど、ちょっとテンションが下がる。

「逆上がり、どうしてもできなくて。教えてもらえませんか？」

なんでこんなにキラキラした顔で聞いてくるんだろう。少しそう思うけれど、でも、よくよく考えれば。小学校の低学年の頃って、高学年の子供がなんでもできる大人に見えたりもしたっけ。実際は全然そんなことないんだけど、こう期待されると応えたいって気持ちにもなる。

　私は少し考えてから、小さく胸を張った。

「ふふ、いいよ。このわかば先輩が、君たちに逆上がりの極意を伝授してあげる！」

「おおー！」

「ありがとう！」

　子供はノリが良くて助かる。これが小牧相手だったら「何馬鹿なこと言ってるの」と一笑に付されていたところだろう。そう考えるとなんだかムカついてきた。まあ、同い年でこのノリが通じるのなんて、多分夏織《かおり》くらいだろうけど。

「逆上がりのコツはね。まずちゃんと腕を曲げて、足でしっかり地面を蹴って……こうっ！」

　ぐるり、と視界が回る。かつて何時間も練習していただけあって、逆上がりのやり方は完全に体に染み付いていた。

　久しぶりの感覚だ。世界が回って、下腹部が持ち上がるような感じがして。懐かしい感覚を思い出したところで、昔の記憶まで蘇《よみがえ》るわけではないけれど。一瞬だけ、嗅ぎ慣れた花みたいな香りが、どこかから漂ってきた気がした。

「すごいすごい！」

「すごい先輩だー！」

よほど私の逆上がりが綺麗だったのだろうか。女の子たちは私を囲んで、きゃっきゃと喜び出す。やっぱり子供は可愛くていいと思う。純粋で、衒《てら》いがなくて。子供の頃に戻りたいわけではないが。

「練習すれば二人もできるようになるよ。ほら、教えてあげるからちょっとやってみて」

「はーい！」

私はかつて学んだコツを二人に教えながら、ふと思った。

もし小牧が逆上がりなんて一生できないくらいダメダメだったら、こうやって手を取ってやり方を教えたりとか、していたのかもしれない。

実際は私がやり方を教えるどころか、誰にも教わらずとも完璧に逆上がりをできるようになったのが彼女なのだが。

多分彼女には逆上がり遺伝子が組み込まれているのだ。だからあんなにも簡単に逆上がりができるようになったに違いない。いや、逆上がり遺伝子ってなんだって話だけど。

「もうちょっとお尻を上げて……」

「そっちの子は、もっと力を抜いた方が上手《うま》くいくんじゃないかな」

不意に。

柔らかくて爽やかな声が、鼓膜を震わせた。

「え？　こ、こう？」

「うん。その調子で、力を入れすぎないようにして。そのまま……」

「わ……すごい！　できたできた！」

一瞬だった。子供たちのキラキラした視線は私から別のところへと吸い寄せられ、残ったのはぽつんと佇《たたず》む私だけだ。

これまで何分も私が教えてきた成果を全て奪われた気分だった。そりゃあ、二人とも私の指導では一度も逆上がりができるようにならなかったとはいえ。なんとも薄情な、と思う。

子供って、そういうものだろうけど。

「お姉ちゃん、私にも教えて！」

「いいよ。ちょっと手、借りるね」

さっきまでただの幻だった花みたいな匂いが、今はもっと鮮明に感じられる。目を瞑《つぶ》っても、辺りの木々で忙しく鳴いているセミの声に耳を傾けても、なお。搔《か》き消すことのできない存在感が、目の前にあった。

「……梅園《うめぞの》」

「何、わかばも逆上がり、教えてほしいの？」

「誰が！　もう逆上がりなんて完璧にできるから！」

「ふーん」

興味なさそうな顔を私に向けてきたかと思えば、小牧は嫌になるほど爽やかな笑みを浮かべて、二人に逆上がりを教えていく。

小牧には指導者としての才能もあるようで、私は何も口を挟むことができず、二人が逆上がりを習得していく様を指を咥《くわ》えて見ているしかなかった。こういう感じで小牧ファンが増えていくんだろうか。

いきなり現れた小牧に違和感を抱く様子もなく、二人は徐々に尊敬の眼差《まなざ》しを向け始めていた。

……別に。別に、尊敬されたかったわけじゃない。すごいと言われたかったわけでもない。でも、私が教えると決めたのに、その役目を奪われて、しかも小牧が賞賛されているのは面白くない。

とはいえ今の私にできることは何もなかった。

今のうちに、逃げておこうか。私で遊ぶ宣言をしていた小牧と偶然会ってしまった以上、ろくでもないことが起こるのは明白だ。今のうちに逃げれば――。

そう思った瞬間、いつの間にか隣に立っていた小牧に腕を摑まれた。

「……何？」

「見せてもらおうと思って」

「何を」

「逆上がり、完璧にできるんでしょ？　なら、見せてみなよ」

どうしてそんなことしないといけないんだろう。そう思うけれど、その挑戦的な瞳に見つめられると、段々とやってやろうって気分になってくる。

見せてやってもいい。私のこれまでの努力の成果を。凡人の私が、小牧を負かすために頑張ってきた証《あかし》を。

「……いいけど、後悔しないでよ。私の逆上がりが綺麗すぎて泣いても知らないから」

「泣かせてみれば？」

私はさっきみたいに鉄棒を摑んで、逆上がりをしてみせた。嘘《うそ》でも幻でもない小牧の匂い。夏を感じさせる鉄棒の熱さ。それに、絶え間なく続くセミの鳴き声。

どうしようもない夏の空気を切り裂いて、体が回る。回った後に視界が元に戻って、やり遂げたという達成感が胸に満ちるこの感じ。久しぶりだけど、好きかもしれない。

「その程度なんだ」

「はい？」

小牧は退屈そうに言って、私の隣にある鉄棒を摑んだ。私のよりも高い位置にある鉄棒を軽々摑んだ彼女は、そのまま鮮やかに回転した。

長い髪が揺れて、懐かしさが去来する。こういう光景を、私は何度も見たことがある気がする。でも、昔の小牧と今の小牧が重なる前に、彼女は逆上がりを終えてしまった。

拍手の音が聞こえる。見れば、さっきよりずっと楽しそうな顔をした女の子たちが、小牧を褒めながら手を叩《たた》いていた。

どんな褒め言葉も、聞き飽きているくせに。初めて聞いたみたいな顔をして、嬉しそうに「ありがとう」なんて言うから。だから私は小牧のことが、好きになれないのかもしれない。

誰に褒められても、どんな相手と接しても。結局小牧は皆のことを見下しているから、全てを簡単に切り捨てられるのだ。人の大切なものでもなんでも、簡単に。

夏は人をワクワクさせてくれるけれど、同時に寂しくさせてもくる。寂しくなると人は、否応《いやおうな》無しに過去のことを思い出してしまうものらしい。

一瞬だけ、中学生の頃のことが頭をよぎった。

「私の方が、うまくできるみたいだね」

彼女は勝ち誇った顔で言う。高校生にもなって、逆上がり程度でここまでドヤ顔ができる人間も珍しい。私も人のことは言えないけど。

「身長の差でしょ。私は人よりちょっと背が低いから、あんまり綺麗にできてないように見えるだけ」

「ちょっとどころじゃないと思うけど。だって、六年生の人なんでしょ？」

「なっ……」

小牧はにやついた笑みを浮かべながら、私を見下ろしてくる。

最初から全部、見ていたのか。やっぱり小牧は性格が捻《ね》じ曲がっている。

「すごく得意になってたね、わかば先輩。今からでも小学生に戻ったら。そしたら皆に褒めてもらえるんじゃゃない？」

「別に、今でも褒めてくれる人くらいいるし」

「ふーん。そんな変な人、いるんだ。誰？」

「誰でもいいでしょ」

そっぽを向くと、頬《ほお》に手を添えられた。強制的に小牧の方を向かされて、目を合わすことになる。今ので首の骨がおかしくなったらどうしてくれるのだろう。抗議するように睨《にら》むと、彼女は目を細めた。

「教えてくれないなら、ここでキスするけど」

彼女は私の耳元で囁《ささや》く。今この場には、低学年と思《おぼ》しき小学生がいるのだ。さすがに教育に悪すぎるし、そもそも人に見られる場所でするような行為でもない。

私は小牧の胸を押して、小さく口を開いた。

「茉凛《まつり》。これでいいでしょ」

「……ふーん。茉凛、わかばのこと褒めてくれるんだ。どういう感じで？」

「可愛い、とか。……言ってくれるし」

「わかばが？」

　彼女はくすりと笑いながら言う。どういう意味でしょうか。

「茉凛、この前まりも見て可愛いって言ってたけど」

「まりもは可愛いでしょ」

「どこが？　ただの緑の塊なのに。もしかして、メロンに対しても可愛いとか思ってる？」

「メロンは可愛いんじゃなくて美味《おい》しいの。でも、まりもは可愛い」

「まりもが可愛くなかったら、茉凛の美的センスがおかしいってことになっちゃうもんね。そういうことにしておいてあげる」

　まりもが可愛いか可愛くないかなんてどうでもいい。それに、茉凛が何にでも可愛いと言うことくらい知っているのだ。前に一緒にホラー映画を見に行った時、ゾンビに対しても可愛いって言っていた気がするし。

　いやいや、だからって私がゾンビとかまりもと同じってわけでもない。百人中八十人は普通に可愛いと言ってくれる……はず。

　小牧さえ隣にいなければ、だけど。

「……気、済んだでしょ。早く離れてよ。見られてるじゃん」

「わかば。私にしてほしいことがある時は、どうするんだっけ？」

　少しずつ、彼女の顔が近づいてくる。いくらキスに慣れてきたからといって、無垢《むく》な子供たちの前でするのは、さすがにまずいと思う。小牧は平然とキスをしようとしているけれど。

わかっている。尊厳を奪われた私が、小牧の行動をやめさせたいのなら、勝負をするしかないってことくらい。

勝負をしなければ彼女に好き放題されるし、勝負をしたらしたで大事なものを奪われる。そんな調子だからどんどん追い詰められていって、弱気になってしまう気がする。

でも。今日こそは小牧に勝って、いい加減このわけのわからない関係を終わらせたいところだ。

私は迫ってくる小牧から逃げるように、視線を動かした。

「逆上がりが、何？」

「逆上がり！」

何もへったくれもない。それで勝負するんだってことくらい小牧もわかるだろうに、全く止まる気配がない。息がかかるほど近くに彼女の顔が迫ると、彼女の顔の良さを嫌でも実感する。

今は人形みたいに無表情だけど、その気になればどんな表情だって浮かべられるのだ。だから男子に数えきれないほど告白されたりしているんだろうけど。

ムカつく。小牧の本質が顔の良さとは別のところにあるってことを、皆にも知ってもらいたいものだ。性格の悪さを加味しても、付き合いたいと思う人はいるかもだけど。

「逆上がり、何回できるかで勝負する！」

「そ。いいよ、やろうか」

彼女は今の今まで迫ってきていたのが嘘であるかのように、鉄棒に向かっていく。

別に、いいけれど。私は大人しく、彼女の隣にある鉄棒に手を置いた。


「……わかば」

「ちょっ、梅、園……！」

セミがすぐ近くで鳴いている。こんなにも頭が痛くなるくらいにやかましく鳴いているのに、姿は見えないのが不思議だと思う。

実はセミなんてこの世のどこにもいなくて、聞こえている鳴き声は全部夢とか幻だったりするのかもしれない。……なんて。

現実逃避は、そう長く続かないらしい。

「馬鹿じゃないの、ほんと。こんなところでして、誰かにバレたら……！」

「負けたくせに、そういうこと言うんだ」

負けた。確かに負けたとも。それはもう、完膚なきまでに。私は数十回が限度だったけれど、小牧は百回を軽々超えていた。

結果勝負に負けた私は完全に子供たちの尊敬の眼差しを失い、落ち込まないでと飴《あめ》を渡される始末である。

悔しいやら情けないやらで自尊心が壊れかけたのも束《つか》の間《ま》、私は小牧に連れられて、公園の隅にある林まで来ることになった。子供たちはほとんどが遊具で遊んでいて、こんなところまでは来ていないようだけれど。

セミの鳴き声やら風やら日差しやらがあるせいで、色々落ち着かない。

「ここじゃなくていいじゃん。どっちかの家とか」

「駄目。そんなこと言って、どうせ逃げるでしょ。電話も出なかったし」

「それは……！」

「わかば、逃げないで」

木に背中を預けたまま、潰されるくらいの勢いで小牧に迫られる。普段から思っていることだけど、こうして真正面から向かい合うと小牧は大きい。

背の高い木々が生い茂っているこの場所では、いつもよりは小さく見えるものの、それはきっと私も同じで。というか、小牧すら小さく見えるなら私なんて豆粒みたいなものだろう。

いやいや、さすがにそこまでは。

なんにしても。私なんて簡単に押し潰せてしまうくらい、小牧の背が高いことには違いない。

「……せめて、トイレとか。虫に刺されそうだし」

「無理。トイレでするとか、衛生観念終わりすぎ。わかばって、もしかして常識ない人？」

人の尊厳を奪ってくるような輩《やから》に、常識について語られたくはない。そもそも、小牧は衛生観念とかそういうものよりもっと気にするべきことがあると思う。

「……それに、わかば今日虫除《よ》けしてきてるでしょ」

「え。なんで？」

聞かなければよかったと後悔したのは、ほんの数秒後だった。

小牧は私の服の襟を摑んで、そのまま鼻を擦り付けてくる。突然のことで一瞬頭が真っ白になったが、すぐに正気に戻って彼女の頭を押した。

「何してっ……ちょっと、梅園！」

「虫除けの匂い、する」

「わかったから、それやめて！」

いくら小牧が相手でも、匂いを嗅がれるのは勘弁してほしいと思う。前に枕の匂いを嗅がれた時もそうだったけれど、さすがに恥ずかしいというか、むずむずする。それに、さっき嫌になるくらい逆上がりをして、汗をかいた後なのだ。

私は小牧ほどぶっ飛んでいる人間ではないので、そういうところの恥じらいはある。汗の匂いを人に嗅がれる趣味なんてないし。

でも、小牧はお構いなしで私の首の辺りに顔を押し付けてきていた。服の中に髪が入ってひどくくすぐったいけれど、身をよじっても逃げられない。

「やめてあげてもいいけど。じゃあ、するってことでいい？」

この状況ですることなんて、きっと一つだ。匂いを嗅がれるくらいなら、そっちの方がいいに決まっている。

私は小さく頷《うなず》いた。

「そ。じゃあ、遠慮なく」

いつも遠慮なんてしていないくせに。そう思ったけれど、口にはしなかった。というより、できなかった。

物理的に、口を塞がれたから。それも、小牧の口で。

瞬間、辺りの音が遠ざかる。でも、無音ってわけでもなくて。失われたセミの声とか風の音とかの間を埋めるように、小牧の息の音が聞こえる。唇を触れ合わせる度に微《かす》かに漏れる、声とも息とも言えないような音も。

いつもと変わらないキス。すっかり慣れているはずのものが、いつも通りに感じられないのは。この前「好き」なんて言いながらキスをしたせいなのかもしれない。無意味で空虚な言葉には、その実心を蝕《むしば》む毒のような効果があって、それが今になってじわじわと効いてきている、とか。

そんなことを思っていると、小牧の声でも息でもない、機械的な音が聞こえてきた。カシャ、というか、パシャ、というか、そんな感じの音。

……これは。

「……写真？」

「そう。前に言ったでしょ。言い逃れできないように、写真撮るって」

「え、ちょ」

嘘《うそ》だろ、と思う。

あんなのただの減らず口というか、冗談だと思っていた。キスされるくらいなら別に構わないとすら思っていたけれど、写真みたいに形に残ってしまうなら別で。

「ほら、見て。気持ち良さそうな顔してる」

「見ないから、そんなの」

「いいの？　見ないなら、この写真……」

「ああもう！　見ればいいんでしょ、見れば！」

私は意を決して、彼女が掲げるスマホの画面を見た。

そこには確かに、私たち二人が写っている。小牧は相変わらずの無表情で、私は少し顔を赤くして、彼女を受け入れている。

こうして客観的に自分を見ると、確かに小牧とのキスで気持ち良くなっているように感じられなくもない。

確かに、彼女とのキスに対する心地良さも、あるにはある。でもそんな気持ち良さそうだなんて言えるほどの顔をしているつもりなんてない。いくら私がなんでも表情に出すといっても、気持ちいいですー、なんて顔に出しまくっていたら馬鹿みたいではないか。ありえない。

「こんなの、ちょっと顔赤くしてるだけじゃん。気持ちいいとか、全然ないし」

「本当に？」

「本当だから。むしろ梅園の方が気持ち良さそうな顔してるじゃん。この変態」

「ふーん……」

小牧は私からスマホを奪い返すと、そのまま私の頰《ほお》に触れてきた。柔らかな感触。だけど全然心地良くないのが、不思議だった。

「わかばは何回キスされても、どんなキスされても、気持ち良くならないんだ」

「ならない。梅園とすることで気持ち良くなるとか、絶対ありえないから」

「じゃあ、勝負しようか」

いつも通り完璧なメイクの施された顔が、嫌になるほど綺麗《きれい》な笑みを作る。

彼女の顔は作り物で、表情だって全部嘘なんじゃないかと、一瞬思う。でも、彼女の顔にちゃんと気持ちが反映されることもあるっていうのは、私が一番よく知っている。それはもう、誰よりも。

「キスで気持ち良くなった方が、負けね」

「そんなの——んっ！」

勝負を受けるなんて、言っていないのに。彼女は何もかもお構いなしで、私にキスしてきた。

気持ち良くなったら負けと言われたら、何も感じないように努めるのが普通だ。最近はキスに慣れてきているのもあるから、勝てはしなくても負けることもないと思う。

いや。

こういう時こそ、積極的に勝ちを狙っていくべきなのかもしれない。小牧が何かに対して気持ちいいなんて感じるかは、わからないけれど。でも、この前キスした時に変な顔をしていたのは、もしかしたら気持ち良かったからなのかもしれないし。

「……梅園」

この前の小牧の、見よう見まねで。屈《かが》んだ彼女の頭を抱きしめるようにして、深く彼女にキスをしていく。

指と指。脚と脚。乾いた体の表面が触れ合うだけなら、そこまで特別な感じはしないけれど。普段は人と触れ合わせることのない、濡《ぬ》れた舌同士を触れ合わせると、どうにも非日常的な感じがする。

前はキスだって、ただ体の表面をくっつけるだけの行為に過ぎない、なんて思ったものだけど。やっぱりこれは、普通じゃない。

不思議だ、と思う。

ただ体の一部を触れ合わせるだけで、こんなにも。こんなにも、気持ちがぐるぐるするなんて。

いつも彼女がするみたいに奥へ奥へと舌を進ませて、絡ませて、歯茎をなぞっていく。近すぎてわからないけれど、小牧は一体どんな顔をしているだろう。大体のものは近づかないとよく見えないのに、こうして近づきすぎると結局よく見えなくなるから、距離感って難しい。

しかし。小牧もまた、この前みたいに私を抱きしめて、そのままキスをしてくる。

顔が見えなくても感じられる確かな優しさのようなものが、嫌だった。その細い指先が私の髪を梳《と》かして、上へ下へと流れていく。繊細な指先。痛みを感じさせない優しさ。ぐるぐる思考が回る。私の体を抱き止めた彼女は、舌を軽く吸ったり噛《か》んだりして、今度は首筋に触れてくる。

「わかばは、嘘つきだ」

彼女はぽつりと言う。

「いきなり何？」

「私を優先するって、前に言った。……でも、電話も出ないし勝手にどっか行くし、全然優先してないよね」

「ちょっと外出るくらい、いいじゃん。電話だって後でかけ直すつもりだった」

「それも、嘘」

あんな夢さえ見なければ、電話なんていくらでもかけ直していた。

小牧は私のなんなんだろう。完璧とかけ離れたＩＦの小牧に、私は何を見ていたのだろう。そんな疑問が今も胸に突き刺さっていて、小牧とあまり話したくないのだ。そんなの彼女からしたら、全く関係のないことなのだろうけど。

もしあの夢が本当にあったことなら、最後に私がなんて言ったのか、小牧は覚えているのかもしれない。

その言葉を彼女から聞いたからって、何が起こるってわけじゃないが。

「わかばがこれ以上嘘ついて外に出られないようにしてあげる」

彼女はそう言って、私の左手を取ってくる。

何をするのかと思っていると、小牧はそのまま手を口に持っていって、薬指を口に含んだ。

ぬるついた生温かい感触に、ぞわりと肌が粟立《あわだ》つ。

ありえない。こんな、いつ誰が来るかもわからないような場所で、いきなり指を咥えるなんて。でも、逃げられない。いつの間にか脚の隙間に彼女の膝が入ってきていて、もはや一歩も動けそうになかった。

このまま圧殺されるんじゃないかと思っていると、指に痛みが走った。

噛まれている。激痛ってほどじゃないけれど、確かな痛みを感じるくらいの強さで。眉を顰《ひそ》めてみるけれど、彼女がやめる気配はなかった。そりゃあ、そう簡単にやめるくらいなら最初からやってないだろうけれど。

「そんなに私の指、美味《おい》しい？」

指がキリキリと痛む。このままへし折られたらどうしよう。小牧はずっと無表情だから、次に何をしようとしているのか全く読めない。

「さっきの子たちも、梅園がこんなことしてたって知ったら幻滅するだろうね」

角度を変えて、位置を変えて、何度も彼女は私の指に噛《か》み付いてくる。

「ううん。さっきの子たちだけじゃない。梅園のファン皆、こんなところ見たらドン引きするよ、絶対」

小牧は何も答えない。そんなに私の指は噛み応えがあるのだろうか。前は舐《な》めるか聞いても手なんて舐めてこなかったくせに。

そう思っていると、彼女はようやく満足したのか、私の指を解放した。

太陽の光に微かに照らされて光る私の指の根元に、くっきりと彼女の歯形が残っている。外に出られないようにするって、こういうことか。

「わかば。これから一週間、私のために予定を空けておいて」

彼女は、静かに言う。

「やだって言ったら？」

「拒否権はない。だって、わかばは勝負に負けたから」

「……え」

「証拠、写真に撮ったけど。見る？」

気持ち良くなった方が負け。その勝負で、私が負けた？

しかも、証拠って。いつの間に。

「……ほんとに、撮ったの？」

「撮ったって言ってるでしょ。私はわかばと違って、嘘つかないから」

よく言う。他の人に接するときは、嘘だらけのくせに。

「……わかった。一週間、用事入れなければいいんでしょ。もうわかったから」

「なら、いい」

さっきは無理やり写真を見せてきたのに、今度は見せてこないんだ。本当に写真なんて撮ったのかは不明だけど、もし本当だったら自分の変な顔を見ないといけなくなるから、これ以上突《つつ》くのはやめておくことにした。

前に、小牧が真似《まね》したみたいな顔をもし私がしていたら。そして、それを見てしまったら。

絶対変なことになると思う。それなら一週間暇にしていた方が、まだマシだ。

「そろそろお昼だから、どこか食べに行くよ」

「家でいいじゃん」

「駄目だから。最近ご飯あんま食べないで、お菓子ばっか食べてるって聞いた」

「うっ」

なんでお母さんは、小牧に私の情報を簡単に渡してしまうのだろう。そのせいで小牧と同じ高校に通うことになったり散々である。

「別に、いいじゃん。私がどんな食生活してたって」

「よくない。わかばが体調崩したりしたら、困るのは私だから」

「え？　それって、どういう……」

彼女に左手を引かれて、疑問が途切れてしまう。まだ少し痛みが残った薬指をぎゅっと摑まれると、びりびりして落ち着かない。

結局この日は小牧と一緒に食事をして、そのまま彼女の家の近くで別れることになった。別れ際、彼女に「理想のデートについて考えておいて」と言われたものの、私の頭には色んな疑問が渦巻きすぎてそれどころではなかった。

やっぱり、小牧のことはよくわからない。

これでも彼女のことを理解しようと努力はしているけれど。でも、やっぱり遠い気がして、なんだかな、という心地になる。

小牧のことが知りたい。今まで何度も抱いてきたそんな気持ちを、私はまた胸に抱くことになった。

★

マーク一つで、朝の気分が変わるのはすごいと思う。

私は家のリビングで、天気予報を見ていた。今日の天気予報は、やっぱり晴れ。梅雨が明けてからだいぶ経《た》って、すっかり雨マークを目にする機会も減った。

太陽のマークを見るだけで、今日一日楽しくなりそうだとワクワクする。夏は天気がいいのが一番だ。雲も綺麗に見えるし、何より爽やかな気分に――

「子供向けのアニメじゃなくていいんだ」

「は？」

「日曜だから。見れば？　昔はよく見てたじゃん」

ならない。だって、隣に小牧がいるから。

私は小さくため息をついた。せっかく今日は降水確率も０％なのに。これで小牧さえ隣にいなければ気分まで晴れやかになっていただろうに、朝の優雅な時間が台無しである。

小牧が隣にいると、０％の降水確率も信用できなくなるし。彼女が雨の気分だったら、世界は雨になるのだ。だって小牧だもの。

「あのね、私ももう子供じゃないから。そんなの見ないし」

嘘《うそ》である。正直に言えば、今でも時々見る。小牧は知らないだろうが、子供向けのアニメだからって馬鹿にできるような出来じゃないのだ。むしろ大人も子供も楽しめるようにできているから、下手な作品より面白かったりもするのだけど。

なんて、そんなことを彼女に語っても仕方ない。

それに。私が子供向けのアニメを見ているのは、ただ面白いから、だけじゃなくて。ちょっとだけ、ほんのちょーっとだけ、小牧と二人で見ていた頃のことを思い出すから、とかだったり。

なんでそんなことを思い出したいのか、とか、思い出してどうするのか、とか。そんなのは私だってわからないけど。

「六年生なのに？」

「それ、昨日から擦りすぎ。私が六年生なら梅園だって六年生だから」

「なら、二人でランドセルでも背負ってみる？」

「背負わない。大体、それで恥ずかしい思いするの、私じゃなくて梅園だと思うけど」

私なら最悪ちょっと背の高い小学生と言っても通じるかもしれないが、小牧はそうもいかない。こんな小学生がいてたまるかってなる。

いやいや。

私だってこれでも立派な高校生なのだから、さすがにランドセルを背負ったってコスプレだと思われる……はず。

昨日は小学生と間違えられたけど。

「そもそも梅園、ランドセルなんてまだ持ってるの？」

「持ってる。わかばと違って、物持ちはいいから」

私との思い出の品、全部捨ててるくせに。ぬいぐるみとか、シャーペンとか。私だけ大事に……いや、それなりに取っておいているのが馬鹿みたいではないか。

やっぱり、嫌いだ。

ランドセルを取っておくくらいには、思い出を大事にできるくせに。いくら嫌いだからって、ずっと友達だった相手との思い出は簡単に捨ててしまえるんだ。小牧にとっては最初から、友達なんかじゃなかったんだから、当然なのかもしれないけれど。

「私だって持ってる。梅園と違って、色々捨てたりしないから」

「なんの話？」

「べっつにー」

私は朝食のパンをもそもそと齧《かじ》る。いつの間にか小牧はパンを食べ終えていて、私がさっき作った目玉焼きを崩そうとしていた。

今日は朝から両親が出掛けている。それを知ってか知らずか、小牧は朝っぱらから私の家に侵入してきて「朝食べてないから、何か食べる」などと言い始めたのである。

私の家は小牧専用の食堂ではないし、小牧に食べさせるものなんてない、んだけど。

小牧がお腹《なか》を空《す》かせて倒れてしまっても困るので、結局私が朝食を作る羽目になったのである。小牧の方がよっぽど料理がうまいはずなのに、私を給仕役にしたがるのはやはり、嫌がらせのために違いない。

絶対自分で作った方が美味しいものを食べられるのに。

まあ、食事は全部流動食でいい小牧様は、味なんてどうでもよくて、食べられればそれでいいのだろうが。

ムカついてきた。

「……見せてよ」

「え」

「ランドセル、持ってきて、私に見せて」

「いやいや、なんでそんなことしないといけないの」

「わかばは私の、なんだっけ？」

いちいちこうやって聞いてくるところが、嫌だった。小牧は将来パワハラモラハラ上司になるに違いない。

最初から、私は小牧のものだと口に出せばいい。いちいちなんだっけ、なんて聞かなくても。

私からその言葉が聞きたいんだろうけど、言わない。ムカつくし、性格終わってるし、ムカつくし。

「わかった。持ってくるから。梅園は大人しくご飯食べてて」

「駄目」

立とうとすると、小牧に腕を摑まれる。

最近こうして腕を摑まれることが多い気がする。思わず彼女の方を見ると、相変わらずの無表情がそこにあった。

食事の途中だけど、全然口元が汚れていない。盛大に口元が汚れることを祈って半熟の目玉焼きを作ったのに、どうやら無駄な試みだったらしい。

「食事の途中に立つのは、行儀が悪いよ。ほら、全部食べて」

「自分で食べられるから、押し付けるのはやめて」

彼女はぐいぐい目玉焼きを私の方に押し付けてくる。避けようとするけれど、それが良くなかったのか、目玉焼きの黄身が私の太ももに垂れてきた。

なんでこう、朝から疲れることをしないといけないのだろう。

そもそもである。最近食事をするとき、外でも家でも小牧が隣に座ってくるのが全ての原因だ。二人きりだったら普通、隣じゃなくて向かい側に座るというのに。思わずため息をつきそうになった時、太ももを嫌な感触がなぞった。

「ちょっ、と！　何して……！」

「ティッシュ、切れてるから。そのままにしておくのも駄目でしょ」

小牧はいつの間にか私の太ももに舌を這《は》わせていた。いつも舌と舌を絡ませる時とは違う、妙にぞくぞくした感覚が背中を上っていく。

ありえない。さっきまで行儀について語っていたのはどうしたのか。

食事中に人の太ももを舐めてくる方がよっぽど行儀が悪いだろうに、そんなことはお構いなしのようだった。でも、抵抗も無意味で、朝から勝負をするのも面倒だった。太ももを舐められるくらいなら、別に。

そんなことを思ってしまう私は、小牧に相当毒されているに違いない。

「やっぱり、小学生の頃と変わらない」

どんな感想だそれは。

「小学生の頃の太もも、覚えてるの？」

「さあ」

「何それ」

いつになく適当なことを言いながら、彼女は徐々に太ももから上へ上へと舌を動かしてくる。

柔らかくて、キスする時とは違ったくっつき方をする感じ。いつかの彼女みたいに首を脚で挟んでやろうかと思うけれど、小牧の力ならすぐに抜け出せるに違いない。

なんてことを思っていると、舌がどんどん上に滑ってくる。

唾液の感触が気持ち悪いし、くすぐったい。脚が震えそうになって、同時に表情が歪《ゆが》みそうになる。でも、表情を変えたら負けな気がして、私は彼女を睨《にら》んだ。

「もう黄身、取れたでしょ」

「どうだろうね。もっと違うところにも、垂れてるかもしれないし」

彼女はそう言って、私のパジャマに手をかけようとしてくる。私は必死に抵抗してみるけれど、それが良くなかったらしい。

椅子が後ろに傾いて、あっと思った時には、鈍い衝撃が背中に走った。

「いっ……」

めちゃくちゃだ。

私に覆《おお》い被《かぶ》さった小牧は、相変わらず無感動な瞳を私に向けたまま、動かなくなっていた。

テレビの音が聞こえる。朝から元気なタレントの声とか、スタジオの笑い声とか。誰かにバレちゃいけないみたいに、妙に静かにしている私たちとは対照的だった。

「梅園、早く立って。行儀、悪いでしょ」

「……わかば」

密《ひそ》やかな声。二人きりなのに、私たちは一体誰に聞こえないよう配慮しているのだろう。大声でも小声でも、私たちがしていることが変わるわけではない。

「口、食べ物ついてる。やっぱり小学生だ」

彼女はそう言って、私の口の周りを子猫みたいに舐めてくる。

もし私が本当に小学生の頃から変化がないのだとしても。小牧は随分と変わったと思う。昔はここまで私を直接的には馬鹿にしてこなかったはずだし、何より、今よりもっと可愛げがあったはずだ。

私はじっと、至近距離で彼女の顔を見つめた。

相変わらず、楽しくはなさそうだ。無駄に大きな瞳は私を映しているんだかそうでないんだかもわからないし、薄い唇から読み取れる感情もない。

私はため息をついた。小牧の本当を知りたいなんて思っているけれど、彼女から得られる情報はあまりにも少なすぎる。

雑談しようにも、結局は「別に」で全て封殺されてしまうし。

「梅園の、馬鹿」

私の言葉が聞こえているのかいないのか、彼女はそれ以上何かをすることなく、立ち上がって食事を再開した。

私は少し眉を顰《ひそ》めて、のろのろと立ち上がって椅子を元に戻す。

なんだか食欲がなくなってしまった私は、食事に手をつけるふりをして彼女をじっと見つめた。相変わらず整った顔には、お出かけ用のメイクが施されている。こういうところは律儀というか、なんというか。

ほっぺ、触ったら怒られるかな。

そう思ったけれど、太ももやら口やらを舐められ尽くした今の私に怖いものなんてない。だから私は、小さく口を開けて残ったサラダを食べようとしている彼女の頰《ほお》を、そっと引っ張った。

「肉、ついてなさすぎ。ちゃんと食べてる？」

「……余計なお世話。わかばが肉つきすぎなんだよ。私は正常」

「私も普通だから。梅園はあばらとか浮いてそう」

「浮いてるわけないでしょ。そういうのも、ちゃんと管理してるから」

小牧はモデルか何かなのだろうか。私みたいな一般人は、太らないように多少気をつけることはあっても、管理まではいかない。

「何それ。糖質は一日何グラムー、とか決めてるの？」

「どうだろうね。……それより、いつまで触ってるの」

「梅園に怒られるまで」

許可なく触るのは禁止だとか言っていた割に、小牧が怒り出す気配はない。まあ、彼女は大抵前兆とかそういうの無しで変なことをしてくるから、結局油断はできないんだけど。

しかし、全然楽しくない。別に嫌がってほしいわけじゃないけれど、もうちょっとこう、色々あるだろう。

怒ってみるとか、犬みたいに頭を振って、手を振り解《ふほど》いてくるとか。私は小牧が今まで見せてこなかったなんらかの表情を見てみたい。小牧が心に秘めてきた本当の感情とか、誰にも見せられない何かとか。

そういうものが見たい。知りたい。どうしようもないくらいに。

「梅園。怒ってよ」

少しずつ、引っ張る力を強める。だけど小牧は、やっぱり表情を変えない。

「わかばに命令されたくない」

頬が伸びても、小牧の声は透き通っていて、濁りが全くない。どうやってこんなに綺麗に喋《しゃべ》っているんだろう。疑問と正体不明の苛立《いらだ》ちは裏表になっていて、どっちもちくちく胸の奥を刺激してくるから嫌だ。

「やめてほしいなら、そう言えばいいじゃん。私の尊厳は、梅園のものなんだから」

「……知らない」

小牧はそう言って、食べようとしていたサラダを私の口に突っ込んでくる。そのまま彼女は立ち上がった。

「ご馳走様《ちそうさま》。私、歯磨きしてくるから。わかばはご飯食べて、さっさと持ってくるもの持ってきて」

「持ってくるものって、ランドセル？」

「それは、もういい。……昨日言っておいたでしょ」

「はいはい、わかってますって」

「……なら、いい」

小牧は一度、不可解に動きを止めてから、やがて思い出したかのように私の手を振り解いて歩き始めた。

首を傾げそうになるけれど、彼女の行動が変なのは今に始まった事ではない。私は胸がちくちく痛むのを感じながら、自分で作ったあまり美味しくない朝食を平らげた。

そして、一度自分の部屋に戻って、夏の匂いがするビニールのバッグを手に取った。

小牧からメッセージが来たのは、昨日の夜のこと。いきなり明日プールに行くから水着を用意しとけ、などと言ってきたのだ。最近海にもプールにも行っていなかったから水着なんて中学の頃のやつしかないし、小牧と二人でプールに行くなんて最悪だ。

でも、断ることなんてできないから用意した。

昔使っていたプールバッグを引っ張り出して、水着やら何やらをそこに突っ込んで。

無駄に明るい色のプールバッグは私の気持ちとは裏腹に、ひどく浮かれた感じになっている。昔はプールバッグの色と気持ちがちゃんと一致していたはずなのに、今ではちぐはぐだ。

この浮かれ具合を、半分くらい分けてもらえたら。

「……夏だ」

プールバッグを持ち上げて、匂いを嗅いでみる。

やっぱり、夏だった。染み付いた塩素の匂いなのか、ビニールの匂いなのかはわからないけれど。夏って感じの匂いがして、少しだけ心が軽くなるような感じがした。

「何してるの」

「うぇっ」

後ろから声が聞こえる。振り返ると、ノックもなしに私の部屋に入ってきた小牧が、呆《あき》れたような顔をしていた。

おい、なんだその顔は。普段そっちからしてくる行為の方がよっぽど変だろうに、変人を見るような目で私を見るんじゃない。

「夏を感じてた。梅園も感じてみる？」

私はバッグを小牧の方に差し出した。どうせ受け取らないだろうと思っていると、意外にも彼女はバッグを受け取って、そのまま動かなくなった。

普段の変態行為は私が止めてもやめないくせに、こういう時は迷うんだ。迷うくらいなら、最初から受け取らなければいいのに、とは思うけど。

なんとなく、小牧のプールバッグからは夏の匂いがしなそうだ、と思う。彼女のバッグからはきっと、もっと。私が私の胸を刺すような、辛い匂いがするに違いない。辛い匂いって、なんだって話だけど。

「やっぱり、いい」

「……そっか」

沈黙の後に浮かぶ、否定の言葉。

別に、それがなんだって思う。プールバッグを嗅ぐ行為に、意味なんてないし。直接私の匂いを嗅いだのに、こういうのはしないんだ、なんて。少しだけ思ったりはするけれど。彼女の手から返ってきたプールバッグはどこか、仄《ほの》かに温かいような気がして。それが胸を刺激するから、嫌になる。無理やりにでもバッグから夏を感じさせれば、何かが変わるとか。そんなことは思わない。思わない、けど。

「じゃあ、いい。私も歯、磨いてくるから」

「待って。その前に、することがある」

彼女は私の左手を掴んできた。

バッグが手から滑り落ちて、夏の匂いが消える。小牧はそのまま、両手で私の左手をそっと持ち上げて、自分の口元まで運んでいく。

こういうシーン、何かで見たことがあるような気がする。何かを誓うキスをするとか、指輪をはめるとか、そういう時にする感じの行動。でも、手の甲にキスが落とされることも、愛のこもった指輪がはめられることもないってことくらい、ちゃんとわかっている。

だから一瞬後にやってきた蝕《むしば》むような痛みにだって、驚かなかった。

歯が指に食い込む感触は、これで二度目。血が出るほどではないから、割と犬が飼い主にじゃれつく時くらいの力なのかもしれない。でも、一日経《た》ってもうっすら跡が残る程度には痛くて、強い。

左手の薬指に跡をつける行為に、意味なんてあるんだろうか。

外に出られないようにすると言ったって、もっと別の方法があるだろう。こんなことをしたって、左手を隠しさえすれば、結局は外に出られるし。

あるいは、もっと別の意図があるのかもしれない。別の意図って、それは。

「梅園は。……将来どんな相手にプロポーズされたいとか、あるの？」

角度を変えながら私の指を噛み続ける小牧に、問う。まるで、チョコのかかったお菓子のチョコの部分だけを食べようとしているみたいだった。

ちょっと、おかしい。

「ない。プロポーズとか、結婚とか。興味ないし、一生するつもりないから」

私の指を口に含みながら喋るのはやめてほしい。くすぐったいし。

「梅園は仕事と結婚するって言うタイプの人？」

「それも言わない。結婚なんて興味がないって言ってるの」

「小さい頃、憧れたりしなかった？　夜景が綺麗《きれい》なレストランでプロポーズ！　とか、幸せな結婚生活！　……とか」

「別に。そんなのに憧れるほど、子供じゃなかったから」

子供の頃の話なのに、子供じゃなかったとはこれいかに。

小牧は昔から、子供とは思えないほどの能力は持っていたけれど。でも、心の方は年相応だったはずだ。小牧自身がどう思っているのかは、わからないが。

「……わかばはあるんだ」

「そりゃ、私だって今をときめくうら若き乙女なわけでして」

「ふーん。具体的には、どんな」

さっきより、薬指が痛い気がする。耐えられないほどじゃないけれど。

痛みは記憶に浸透していって、消えない染みになりそうだった。擦っても洗っても取れそうにないその染みは、将来私がプロポーズされた時に、真価を発揮するのかもしれない。

指輪の下に残った小牧との記憶が、私の幸せを破壊してくる、みたいな。そうなったら嫌だけど、もうきっと、今日のことを忘れる日は来ないのだろう。そう思うと、胸がちくちくする。

「どんなって、今言ったみたいな感じ。夜景が綺麗なレストランで、みたいな……」

私の記憶と感情は当てにならない。多分、一年前ならちゃんと、同じ言葉を心から言えたはずだ。でも、今はもう、過去の自分をなぞらないと、どんなプロポーズに憧れているのかも口にできない。

確かに私は憧れていたはずだ。子供じみたプロポーズだとか、結婚だとか、そういうものに。

でもいつからか。いや、小牧とまた関わるようになってから。自分でも、今になるまで気づけなかったくらい、徐々にその憧れは薄れていったのだ。今じゃもう、想像してもドキドキしないし、できない。

「少女趣味すぎ」

「いいでしょ、少女なんだから」

「それは私もだけど。私はそんな恥ずかしい憧れ、ないから」

「そーですか。それは何よりですね」

ずきずき痛むのは、左手の薬指だけじゃなくて。胸の内、普段は見ることも感じることもできないような場所も、なのかもしれない。

全ては小牧のせいだ。小牧さえいなければ、また出会ってさえいなければ、私はもっと。もっと、なんだろう。

「残念だったね」

「……何が」

「まっさらな指に、指輪をはめてもらえなくなって」

そう言って、彼女は私の指をようやく解放した。

濡《ぬ》れた指にはくっきりと、彼女の歯形がついてしまっている。指をぐるりと回って、まるで指輪みたいに。

確かに、これはもうまっさらじゃない。もしこの跡が消えたって、私の心には永遠に残り続ける。銀色のリングよりも、赤くて薄くて、実体がない幻影を。私はずっと、感じ続けなければならないのだ。

ちくちくする。ぐるぐるする。

「これから先、わかばがもし誰かにプロポーズされても。結婚十周年とか二十周年とかを迎えて、新しい指輪を買ってもらっても。最初にこうやってわかばに触れたのは、私だから」

四本の指に、四本の指を重ねられる。今からエスコートでもするみたいな感じだけど、小牧がそんなことしてくるはずがないなんて、当然わかっている。

やだな、と思う。いつか私が、誰かと結婚したいと思って、その人と結婚式をしても。最後の最後で、小牧の顔を思い出してしまうのは。

最悪の嫌がらせだ。こう次から次へと最悪を更新する嫌がらせを思いつけるのは、一種の才能と言ってもいいだろう。小牧はおよそ、才能と呼べる類のものを全て持っているに違いない。

「だったら。何か、誓ってあげようか」

息を深く吐いて、痛みとか色々諸々《もろもろ》全部、吐き出したつもりになって。

ようやく私は、いつもみたいに笑うことができた。

「せっかく左手も、こんなんなってるしね。永遠の誓い的なやつ、何か立ててあげるよ」

「……そ、れは」

私の指に、小牧の爪が突き刺さる。爪は見えないけれど、きっとまだクリアネイルをしているんだろうな、と思う。

目が痛くなるほど輝くその爪が目に入らないのは助かるけれど、やっぱりどこか、胸が重くなる。

胸だけじゃなくて空気までずんと重くなる。どんどん粘性と重みを増していく空気の中でもがくように、小牧はぱくぱくと口を動かしていた。

「……無意味でしょ、そんなの」

ぽつりと、彼女は言う。その言葉は重すぎて、耳が痛くなった。

「私のものになるって誓えって言っても、誓えないでしょ。守れない誓いなんて、なんの意味もない」

小牧は俯《うつむ》いている。その瞳がどんな色をしているのか知りたくて、私は右手で彼女の頬《ほお》に触れて、そっと顔を上げさせた。

いつもより深い色に見える瞳が、私を映している。

「……いいよ。今なら、誓ってあげても」

「……は、ぇ？」

「誓ってもいい。無意味じゃなければいいんでしょ」

どうして私は、こんなことを言っているのだろう。小牧がどうせ乗ってこないとわかっているから？

それとも、乗ってきてもいいと思いながら、誓ってもいいなんて言ったんだろうか。

わからない。

わからないから、小牧に委ねるしかない。小牧に全部、今の私の感情を任せるしかない。きっと、小牧は私よりも安定した心と感情を持っているから。だから今は、小牧の答えを聞きたかった。

「誓わなくていい。……どうせ、わかばが誓ったって信じられないし」

小牧の手が、私から離れる。そこでようやく私は何倍にもなった重力から解放されたみたいに、いつも通りの呼吸ができるようになった。

でも。

その代わりに、今度は地に足がついていないみたいにふわふわして、どこかに飛んでいってしまいそうになる。今日の天気は晴れ、ところにより重力変動。なんてぼんやり思う反面、何かを残念に思う私もいた。

小牧にこれからの私を全部、委ねたかったわけではないはずだけど。

「歯、磨いてくれれば。私はここで待ってる」

小牧はそれだけ言うと、これ以上は会話する気なんてないです、と言わんばかりに私のベッドに横になった。このまま彼女が眠ってしまえば、今日の予定は白紙になるのだが。

きっとそうはならないんだろう。

私は小さく息を吐いて、ドアに手をかけた。ちらと小牧の方を振り返ると、彼女はいそいそと私の布団の中に入って、勝手に枕に頭を乗せていた。

枕の匂いを嗅がれるよりは、いいけれど。

何かを言うのも面倒になって、私はそのまま洗面所に向かった。洗面所にはなぜか小牧が持ってきたと思《おぼ》しき歯ブラシが置かれていたけれど、もう何も考えないことにした。

夏休み中、小牧は何回家に来るつもりか、なんて。そんなの考えたら心労で胃か心臓にでも穴が空《あ》いてしまいそうだから。


車輪が回る音が、どこか遠く聞こえる。

辺りでセミがうるさく鳴いているせいなのか、どこかふわふわした世間の空気が、音の伝わりを鈍くさせているせいなのか。

わからないけれど、このうるさくも愛《いと》おしい季節の中、私と小牧が自転車に二人で乗っていることだけは確かだった。

「わかば。もっとちゃんと掴《つか》まって。落ちられたら困る」

「ちゃんと摑まってる。私、梅園と違ってゴリラじゃないから。そんな力出ないし」

「それでも。肩じゃなくて、お腹《なか》の方に腕やって」

「もう二人で歩けばよくない？」

「よくない。いいから早く」

「はいはい」

　今時二人乗りなんて、あんまりやる人いない気がするけれど。でも、夏の街を二人乗りで進むのって、ちょっと青春っぽいかもしれない。これで前に座っているのが小牧じゃなければ、少しはドキドキできたのかもだけど。

　ドキドキ、かぁ。

　心臓に悪いって意味じゃなくて、キュンとくるって意味でドキドキすること。最近はないなぁ。先輩のことが好きだった頃は、しょっちゅうあった気がするけれど、思い出せないから仕方ない。

　青春っぽいことをしてもあんまり楽しくないのって、どうなんだろう。相手が小牧でも、もうちょっと楽しんだ方がいいような気がする。とはいえ、二人乗りだけじゃどうも、青春度が足りないような気も。

「梅園」

　名前を呼んでみる。車輪の音に紛れるように、小さく。

　小牧はやっぱり反応しない。もし彼女が返事をくれるようなら、勝負しようか、なんて言うつもりだったけれど。

聞こえていないなら、言わない。ただ私は、なんとなく彼女の名前を呼びたかっただけだ。この小さな声に気づいて、私の名前を呼んでほしいとか、そういうのはなかった。

自分の心が発する小さなサインも、気づかないふりをして心の奥底に沈めてしまう。そんな私が、小さな声を誰かに拾ってほしいと願うのは、あまりにも。滑稽というか、許されないというか。

「わかば」

私の声なんて聞こえないはずの小牧が、名前を呼んでくる。さっきは密《ひそ》やかだった彼女の声は、ひどく通りやすいものに変わっていて、あべこべだって思う。

でも、そう思っている間に、彼女の手が私の手を掴んで、そのまま引っ張ってくる。

「ちょっ、梅園！　危ないって！」

「わかばが暴れなければ危なくない。抵抗しないで」

彼女はそう言って、私の手をパーカーのポケットに突っ込んだ。もう片方の手も、同様に。

彼女の歯形がついた手を人に見せなくてもいいのは助かるけれど、でも。人のポケットに手を突っ込んでいるというのは、少し恥ずかしいような気もする。

手を引き抜こうとすると、彼女が私の方を振り返ってくる。

危ないとか、ちゃんと前見てとか、そういう言葉が全部、喉の奥に引っ込んでいくのを感じる。

　行動の不可解さとは裏腹に、彼女の瞳はまっすぐだ。どこまでも透き通っていて、何一つ自分の人生に恥じるところなんてありません、みたいな色をしている。だから私は、小さく息を吐いた。

「梅園は、よっぽど暇なんだね」

「いきなり何？」

「だって、嫌いな相手に嫌がらせするためだけに、自分の時間使ってるじゃん。普通、高校生ならもっと色々することあると思うけど」

「色々って、何」

「勉強とか恋愛とか、友達と遊ぶとか、そういうの。普通の高校生は、嫌がらせするよりも有意義なことしてるよ」

　からから、からから。

　自転車の車輪の音が聞こえる。あるいはそれは、私の心が空回りし続けている音なのかもしれないけれど。

　心に一本の軸が通っていない私は、一貫性を失い、小牧にかけるべき言葉を失い、同じ場所をくるくると回り続けている。自分でも、どうしたら正しい道に戻れるのかわからないのだ。だから私は、早く小牧と縁を切りたいと思っている。

所々に綻びが出て、矛盾や不可解な感情を抱えた心。それと向き合うには、私は多分、まだ子供すぎるのだと思う。

小牧の方は、どうなのだろう。読めなくて、わからなくて、遠い。そんな彼女は本当に、嫌いな私に嫌がらせをしたいってだけで動いているのだろうか。

「有意義かどうかは、自分で決めることでしょ。わかばが嫌がることをする以上に、有意義なことなんて私にはない」

「友達と遊ぶより？　美味《おい》しいもの食べたり、恋愛したりするよりも？」

「……そう」

「……じゃあ。好きなものについて、考えるよりも？」

いつだって好きなもののことだけを考えている。

前に小牧はそう言っていた。けれど、今は私の嫌がることをするのが、一番有意義だと言っている。

これは、矛盾じゃないのか。人の心の矛盾を指摘できるほど、私は整合性に満ちた人間ではないけれど。

「……そんなの、どっちでもいいでしょ」

よくない。そう言っても、きっと無駄だってわかっている。わかっている、けど。

「梅園――」

「そろそろ、砂利道だから。舌噛《か》まないように、静かにしてて」

噛んでもいいから、もう少し小牧と話したい。そう思ったけれど、彼女は話すつもりがないらしく、そのまま黙ってしまった。

前を向いた彼女の髪が、私の方に流れてくる。

私は彼女のポケットに深く手を入れたまま、その背中にそっと顔を埋《うず》めた。やっぱり小牧は小牧で、それ以上でもそれ以下でもない。

そして、今日も。

私は彼女に近づくことも、彼女のことを深く知ることもできないまま、重くて気持ち悪い感情を抱えたまま一日を始めることになった。

小牧の好きなものって、なんなの？

小牧は今、何を考えてるの？

空回った心は、そんな簡単な言葉すら発することができないまま、私の胸をどんどん重くしていく。まるで、それ以外の機能を忘れてしまったみたいに。

「……嫌い。梅園なんて、大っ嫌い」

今までずっと抱いてきたはずの「嫌い」は言葉にするとひどく軽くて、なんだか少し、馬鹿みたいだった。

家から少し離れたところにあるプールは、夏休みということもあって家族で来ている人が多いようだった。

私も小さい頃は家族で何度か来たことがあるものの、こうして小牧と二人きりで来るのは初めてだ。友達とプールで遊ぶことは、小学生の頃にちょくちょくあったはずだけど。

なんで小牧とは来なかったんだっけ。疑問に思いながら、私は隣で着替えている小牧に目を向けた。

「何？」

「梅園って、プール好きなの？」

「……別に」

驚くべき早さで会話が終わってしまった。

別にと言うなら、どうしてわざわざ私をプールに連れてきたんだろう。いかに完璧な小牧様でも、最近の夏の暑さには耐えきれず、水の中に避難したくなったのだろうか。

それなら一人で来ればいいのに、とは思う。でも、私と一緒にいた方が色々と楽なのかもしれない。私が一緒なら、男の人に声をかけられるってこともなさそうだし。

私も一度は小牧みたいに、ナンパとか告白とかそういう類のことをされてみたいものである。

まあ、私みたいなのに声をかけてくる人は、それはそれでやばい気がするけれど。

「わかばは、好きなんでしょ。……小さい頃、夏はよく来てたみたいだし」

「まあね。友達とか、家族とかとね。梅園とは、来たことあったっけ」

「ない。断ってたから」

　私は水着を取り出そうとしていた手を止めた。

「ずっと断ってたのに、急に来たくなったんだ。何？　水に目覚めたの？　ネットでなんか見たとか？」

「暑いから」

　予想以上につまらない答えが返ってくる。別に、いいけれど。私だってそうかなーって思っていたし。でも、暑くても汗一つかかない小牧が、暑いっていう理由でプールになんて来るだろうか。

「夏はいつも暑いのに。そもそも、なんでいつも誘い断ってたのさ」

「わかばに誘われて、素直に行くって言うと思う？」

「ゲーセンは来てたじゃん」

「嫌々ね」

「……む」

　あの頃は小牧とよく遊んでいたはずだけど、全部が嫌々だったと言われるとさすがにムカつく。

「そんなに嫌いなら、無理して遊ばないで無視でもなんでもすればよかったじゃん」

「それでもどうせ、わかばはお構いなしで来たでしょ。昔から、私の都合なんて無視して勝負挑んできたし」

「それは……そうかもだけど」

「だから、仕方なく友達のふりしてたんだよ。変な付き纏《まと》われ方されても困るし」

「……ムカつく。そういう言い方、ほんとに大っ嫌い」

胸がぐるぐるする。小牧に嫌いだと言われるのにも、嫌がらせをされるのにも慣れている。でも、改めてこうやって言われると、私だって嫌な気分になるしムッとくる。私がかつて小牧に付き纏っていたのは事実だから、嫌なことを言われても仕方ないのかもだけど。

「……今は私、梅園のことなんてなんとも思ってないから。縁を切りたいならご自由にどうぞ？」

「今は私も、仕方なく付き合ったりなんてしないよ。だって、今のわかばは私のおもちゃだから。遊んでて楽しい」

嫌いな相手と縁を切るよりも、嫌いな相手をおもちゃにして遊ぶ方がいいと思っているのだとしたら、やはり小牧はどうかしている。というより、性格が歪《ゆが》みすぎている。

かつての私はよくこんなやつに友情を感じていたものである。もしかすると私は人を見る目がないのかもしれない。

そして。今でも小牧の幸せなんかを願ってしまっている自分にも、嫌気が差す。多分他者にこの心情を明かしたら、どうかしていると言われるだろう。だって、私自身そう思っているし。

「だから、ほら。もっと嫌がる顔、見せて」

彼女はにこりと笑って、私の肩に手を置いてきた。服はもう脱いでしまっているから、自分を守るものがなくて落ち着かない。

小牧の熱とか、昔とは違う柔らかさとか、そういうのが肩から直接伝わってくる。

生命の温《ぬく》もりには少なからず人を落ち着かせる効果があると思うんだけど、小牧に触れて落ち着くなんてことはなく、胸が痛くなったり嫌な気持ちになったりするばかりだ。

でも、振り払えないのが嫌だと思う。彼女に勝てばこんな気分とはお別れできるのに、それができないから苦しいのだ。

「わかばって、肩ちっちゃいね」

「そんなの、私が一番よくわかってるし。触らないでよ」

「駄目。わかば、着替えるの遅すぎだから。私が手伝ってあげる」

「ちょっ……」

更衣室にカメラはないけれど、人の目がある。ちょっと触れ合うくらいなら不審に思われることはないだろうが、さすがに着替えを手伝うとかそういうのは駄目だろう。

友達同士でも、そこまではしない。

だけど小牧はそんなのお構いなしみたいだった。私を更衣室の端っこまで追い詰めた彼女は、そのまま脱ぎかけの下着に手をかけてくる。

「やめてってば！」

「抵抗してもいい。無駄だけど」

小牧は私を見下ろしながら、冷たい声で言う。いつも他者に聞かせている声とは、似ても似つかない声。彼女はもしかすると、ここが公共の場だということを忘れているのかもしれない。

二人きりの部屋でも、教室でもない場所。

こういうことを、こんな場所でされるのは、さすがに。

見上げてみても、彼女は無表情のままだ。大抵の場合、私に触る時はこんな顔をしている気がする。

ゲーセンで服を脱がそうとしてきたり、人目があるところで着替えを手伝おうとしてきたり。彼女がすることはいつだって倫理観をどこかに置き去りにしてしまっているから、付き合わされる方はたまったものじゃないと思う。

私は小さく息を吐いた。勝負をすると言えば、多分この状況は終わる。前もそうだったし。

でも、どうせ適当な勝負を挑んだって負けるってことくらいわかっているのだ。

それに、前と同じ状況で同じことを言うのも芸がないし、負けた気がする。……だから。

「……じゃあ、いいよ」

「は？」

「そんなにしたいなら、手伝わせてあげる。どうする？　ばんざいでもすればいい？　梅園のしたいようにすればいいよ」

「何それ。何か企《たくら》んでる？」

いつも私に好き勝手するくせに、こっちがいいって言ったら疑うのはどうなんだろう。面倒臭いというか、なんというか。

「別に。たまにはこういうのもいいかなって思っただけ。ほら、わかばのお着替え、手伝ってよ。小牧お姉ちゃん」

私はにこりと笑って、彼女を見上げた。

友達同士でこんなことはしない。恋人同士でも、多分。でも、姉妹ってことにしておけば、恥ずかしさとか違和感とか、そういうのも薄れるのではないか。

そう思って口にしたけれど、失敗だったかもしれない。

すぐに減らず口が飛んでくるものだと思っていたが、意外にも小牧は何も言わないし、滑ったみたいになってしまっている。

服を脱がされるのとは違った恥ずかしさで、少し頬《ほお》が熱くなるのを感じる。

乗ってくれないと、私が馬鹿みたいじゃないか。

実際その通りなんだろうけど。

「後悔、しないでよ」

やるんだ。別に、いいけど。

私に残されているのは、下着だけだ。それだけ脱がしてくれれば、すぐにでも水着に着替えられる。

こうなるってわかっていたなら、小学生よろしく服の下に水着を着てきたのに。そうしたらしたで、小牧は私が想像もできないような変態行為を働いてこようとするだけだろうけど。

本当に、いつから小牧はこんなに変態的な人間になったのだろう。常識とか倫理とか、そういうものを全部どこかに置いてきてしまっている。まだ十五歳なのに。こんな調子だと、十年後にはどうしようもない大変態になっているに違いない。

「わかばは、本当にちっちゃいね」

小牧は私を見下ろしながら言う。

なんとでも言えばいいとも。いつもならともかく、今の私にはどんな言葉も効かない。

「今の私は小学生だから。ちっちゃいのが当たり前なんですー」

「ほら、そういうのはいいから。早く脱がせてよ。これじゃいつまで経《た》っても水着、着れないんだけど」

「何それ、キモい」

「偉そうな態度、取らないで」

「取られたくないなら、早くしなよ。もしかして小牧お姉ちゃんは、自分がするって言ったこともできないダメダメお姉ちゃんなのかな？」

挑戦的に言ってみると、彼女は私の肩を押してきた。

ロッカーに背中が触れて、その冷たい感触に体が跳ねそうになる。私はじっと彼女を見つめた。

相変わらず綺麗《きれい》な指先が、私のブラのストラップに触れる。

毎日下着なんてつけたり外したりしているはずなのに、小牧はまるでそれに触れるのが初めてみたいに、ぎこちない手つきで指先を動かす。

周りに人がいることを思い出して、恥ずかしがっているとか？

いやいや。私を二回も裸にひん剝《む》いてきた彼女が、今更そんなことで恥ずかしがるはずもない。

大体、手伝うって言ってきたのは小牧の方だし。

「しないなら、いい。勝手にこっちで着替えるから」

そう言った瞬間、彼女は私の腕を摑んでくる。相変わらず、力加減という概念を知らないらしい。骨が軋《きし》んでいる気がする。

「するから、動かないで」

「……ん」

私は彼女が脱がしやすいように腕を広げてやる。

指先が少しのためらいを見せた後、私の体の表面を滑っていく。くすぐったさに体が反応すると同時に、ストラップがずらされる。

特に何があるというわけでもない。ここが他者も使う更衣室だということを除けば、小牧に脱がされるくらい、どうってことないのだから。

慣れている。小牧の嫌な視線を感じるのにも、彼女の前で裸になるのにも。

でも、小牧はそうじゃないのだろうか。

彼女の視線はいつもより熱を帯びていて、含まれる感情の種類も違う気がする。彼女の手で下着を脱がされるのは初めてだけど、だからって何が変わるわけでもないはずなのに。

小牧の息遣いが、すぐ近くで聞こえる。

熱い指先の感触が、表皮にずっと残っている。ずきずき痛むように。

触れられたところが変になって、止まらない。

毒されている、と思った。

私は別に、なんとも思っていないのに。小牧が変だから。いつもと違うから。それが指先から伝わって、私まで変になっているのだ。

私に触ったら菌がつきそうとか、前に言ってきたけれど。

私が菌なら今の小牧は毒だ。触られたら全身に毒が回って、息が止まりそうになる。

「……終わり」

そう言って、彼女は胸とお腹《なか》の間を指で突《つつ》いた。

くすぐったいからやめてほしい。

「……まだ全然、着替えられてないんだけど。もうやめちゃうんだ」

「思ったより、面白くなかったから。わかばの子供みたいな体なんて、見飽きてるし」

「美人は三日で飽きるってやつ？」

「わかばは美人じゃないし、そもそもそれ、外見だけで中身に魅力がないって意味じゃないの」

「……あはは」

あながち間違ってないかもしれない、とは思うけど。

小牧の前で自虐なんてした日には馬鹿にされ尽くすのが目に見えているから、言わない。

「梅園も、飽きられないといいね」

「誰に」

「いつか付き合う人に」

中途半端に脱がされた下着を外して、バッグから水着を取り出す。隣から小牧の視線を強く感じた。

「何それ。私、そういうの興味ないって言ってるじゃん。……ていうか、その水着。中学のやつでしょ」

「そ。学校で買わされたやつ。他にいいの持ってなかったから」

「……ふーん」

退屈そうに彼女は言う。私は下も脱いで、手早く水着を着ていく。

中学の頃の水着なんて、持ってこなければよかったかもしれない。水着とは少なからず記憶が結びついていて、その中の一つに、先輩との思い出がある。

私たちが水泳をしているときに、先輩のクラスが外で体育をしていて。気づかれないと思って手を振ったら、先輩はちゃんと気づいてくれて。あの時私は、やっぱり先輩のことが好きなんだ、なんて思ったものだけど。

胸に手を置いてみても、あの時のドキドキ感というか、ときめきみたいなものは思い出せそうになかった。

代わりに思い出すのは、小牧との記憶。

同じクラスだった時の小牧は、思い返すといつも私の隣にいた気がする。中一の頃も、彼女が大嫌いになった後の、中三の頃も。

　小牧は私の心に残る染みみたいなものだ。簡単には消せないし、ふとした瞬間にその存在が気になってしまう。

　だから、嫌だと思う。

「さっきまでは自分のこと小学生だとか言ってたのにね」

「成長期だからね。一分もすれば、小学生から中学生になるのも当然だよ」

「馬鹿じゃないの？」

　はいはいそうですとも。

　どうせ私は魅力も中身もない、ただのお馬鹿な女ですとも。わかったならさっさと私のことなんて忘れて、新しい趣味でも見つけてほしいものである。

「タイプとかは、ないの？」

「……なんの」

「好みの異性の」

　こういうの、夏織が好みそうなネタだよな、と思う。自分で言っといてなんだけど、小牧と話すことじゃなかったかもしれない。

　小牧がどんな人が好きでも、私にはどうでもいいことだし、関係のないことだ。いつか私との縁を切った後で、好きな人と好きなことをすればいいと思う。

ただ。ただ私は、そんなどうでもいいことを、知りたいと願っている。小牧のことを知りたい。小牧の好きなものを、彼女が考えていることを、彼女の本当の感情を、表情を。

何を知っても、意味なんてないんだろうけど。

「別に。そもそも、タイプとかそういうの、ないでしょ。似たような傾向の人全員好きになってたら、キリがないし」

確かにその通りだ。

でも、もっと高校生らしく、顔がいい人が好きだとか、何部の男子が好きだとか、そういうのはないのかと思う。

ないか、小牧だし。

その気になればどんな相手だって選べるんだから、その時の気分とかで取っ替え引っ替えできるだろう。

「他の誰かに言われたらあっそって思うようなことでも、その人に言われたら嬉しいとか、そういうのが好きってことでしょ。顔とか性格とか、関係ない。その人と過ごした時間とか、かけてもらった言葉とか、態度とか。それが積み重なって、好きになるんだから」

私は目を丸くした。

性根が捻《ね》じ曲がっている割には、まともというか、普通の感性をしている。確かにそうかも、なんて思わず納得させられてしまった。

小牧の言葉にはある種の実感みたいなものがこもっているような気がするけれど、どうなんだろう。

人から聞いた話をそのまま話しただけなのか、それとも。

一つだけの好きなものというのは、好きな人のことで。その人のことがずっと好きだから、こんなことを言っているのか。

ほんとに好きになった人と付き合うことなんて、一生ない。

あの時聞けなかった言葉の意味が今更、また気になってしまうけれど。でも、きっと彼女の好きなものは、好きな人じゃないと思う。もしそうだったら、いつも隣にいた私が気づかないはずがない。

いつも隣にいたのに、彼女の一番好きなものも、本当の顔も知らないくせに。

なんて、私の中で誰かが囁《ささや》く。

胸がちくちく、痛い。

「逆に聞くけど。……わかばはそういう、好みのタイプとかあるの？」

「あるよ」

「……ふーん。わかばのことだから、少女趣味な感じでしょ」

「失敬な。私のタイプはもっと、ちゃんとしてるから」

「タイプにちゃんとも何もないと思うけど。……どんな？」

水着を着終わった私は、その場で一度くるりと回ってみせた。

小牧の視線が突き刺さる。

子供っぽい、とでも言いたいのだろうか。

「優しくて、爽やかで、さりげなく気遣いもできて。あと、運動神経がいい人かな！　そういう人なら、休みの日に一緒にテニスとか……」

先輩だ、と思う。

好みのタイプに偶然一致したのが先輩なのか、先輩を最初に好きになったから、好みのタイプが先輩に寄っているのか。

わからない。

わからない、けど。

今でも好みのタイプと言えるはずの先輩のことを、私は簡単に好きじゃなくなった。先輩の顔を見るだけで嬉《うれ》しくて、ドキドキして、幸せだったはずなのに。

好きが冷めて、失望に変わって。友情が嫌いに変わって、色んな感情が薄れて。

そうして変わっていく自分の心に追いつくことができない。信じることができない。だからもう誰かを好きになるのも怖くて、一歩踏み出したら私自身が薄れて消えてしまいそうで、落ち着かない。

こんな気持ち、誰にも明かせないけれど。

「わかば？」

はっとする。

私は胸の痛みを無視して、笑ってみせた。

「あ、あとあれかな！　身長高くて年収２０００万以上で、毎日ちゃんと好きって言ってくれる人！」

「……それ、悪い情報に踊らされてない？」

「甲斐性《かいしょう》は大事だよ、梅園君」

「キモい。……言っておくけど、私だったら将来３０００万は一年で稼げるし、一時間に
一回は好きって言えるから。背も高いしね」

「いやいや。なんのマウントよ、それ」

空想の旦那さんと張り合わないでほしい。小牧が誰よりも優れているってことくらい、
私が一番よく知っているし。

私もきっと、大人になるまでに色んな人に出会うだろうけれど。

小牧以上になんでもできる人になんて、一生出会えないに違いない。私が将来結婚する
人も、多分。でも、能力なんてどうでもいいと思う。

大事なのは、お互いの気持ちだ。

「わかばがどんな人と結婚しても、私の方が上ってこと」

「そーですか、それは何よりですね」

感情と同じくらい簡単に、私の心を埋める小牧を薄れさせられたら。忘れられたら。きっと私は、前みたいに単純に生きられるのに。

でも、もう。小牧を忘れることなんて、一生できないのだ。

私の人生には、影みたいにずっと小牧が付き纏《まと》って、縁を切ったってそれが消えることはないのだと思う。

そう思うと、気持ち悪くなってくる。

「……よし！　ばっちり水着も着れたし、早速泳ごう！　それはもう、人魚も驚くくらい！」

「テンションどうしたの、わかば。気持ち悪いよ」

「いいからいいから！　ほら、海が私たちを呼んでるよ！」

誤魔化《ごまか》してしまえば、呑《の》み込んでしまえば、ないのと同じだ。

私はにっこり笑って、馬鹿みたいに小牧の手を引いた。私から手を引いても、小牧が何か変わるってことはない。

それに安心して、胸がちょっと痛んで、心がぐらりと揺れる。

「海じゃなくてプールでしょ」

「流れるプールなんて実質海みたいなものだよ」

「絶対違う」

ロッカーに荷物を突っ込んで、そのまま私は意気揚々と更衣室を出ていく。

小牧は特に文句を言ってくることもなく、私の後ろをついてきた。少しだけ昔に戻ったような心地になるけれど、握った手の大きさが、流れた時間を嫌というほど教えてくる。

「……ねえ、わかば」

いつもとは比べ物にならないくらい小さな声が、鼓膜を震わせる。

「なーに、梅園」

「……ううん、やっぱりいい。わかばが変なのは、いつものことだし」

「私のことを一体どう思ってるのか小一時間問い詰めてやりたいところですね」

私は振り返らずに歩いた。

いつもよりずっと柔らかく握られた手が、ちょっと優しいような気がする声色が、嫌だったから。

振り返って小牧の顔を見ても、きっと何も変わらなかっただろうけれど。

それでも振り返ったら、変なことになりそうだったから。だから私は無邪気な子供のように、前だけを見て歩く。

夏の太陽が、空回る私を慰めるように光を降り注がせている。

そんな気がしてしまうのは、やっぱり人間の思い上がりだろうけど。

視線を感じるのは、絶対気のせいじゃない。

美しいものや綺麗《きれい》なものはそれ単体で人の目を引くけれど、微妙なものが隣にあるともっと強く目を引くのだろう。

スイカに塩をかけると、もっと甘く感じる、みたいな。

つまりである。この状況において、私は完全に塩の役割を果たしているということだ。

「……梅園」

「何」

「水着、もっと地味なのなかったの？　無駄に派手だから、めちゃくちゃ目立ってるじゃん」

派手なのは水着というより、小牧自身だろうけれど。フリルのついた白の水着は可愛くて小牧によく似合っている、とは思う。

布数枚を隔てるか隔てないかで、ここまで変わるものか。

確かに、スタイルはいい。学校でも普段から目立ちまくっているだけあって、顔も整っている。

しかし、今日は異常だ。

多くの人の視線があまりにも小牧に向いていて、時々チラチラと私まで見られるのが嫌だと思う。塩は塩らしく、溶けて見えなくなりたいものだ。

「目立つか目立たないかで言ったら、わかばも大概でしょ。学校の水着の人なんて、あんまいないし」

「む、一理ある」

小牧がもっと早くプールに行くと言ってくれれば、私だって新しい水着を買えたはずだ。

前々日の夜に言われたら、こうなるのも仕方ないと思う。

とはいえ。小牧とのお出かけのために新しい水着を買うのなんて馬鹿らしいから、前々から言われていたとしてもこの水着を持ってきただろうけど。

「じゃあ、別行動する？　目立つのが二人もいたら、掛け算でもっと目立っちゃうだろうし」

「……わかば」

小牧はぎゅっと、私の手を強く握ってくる。

見なくても、もう片方の手も握っているんだってわかる。

「夏休み前に私が言ったこと、覚えてる？」

「メロンソーダばっか飲んでる変態」

「それじゃない。なんでそんなくだらないこと覚えてるの」

「根に持ってるから」

私はメロンが好きなだけであって、変態ではない。

「……まつりよりもいいもの、教えるって言った」

「そうだっけ」

本当は、覚えている。

小牧はそんなに祭りが嫌いなのかなって、思った記憶があるから。小学生の頃はよく一緒に行っていたはずだけど、小牧はその時も祭りに対して憎悪を燃やしていたのだろうか。なんにしても、私が祭りを好きじゃなくなることはないと思うけれど。

「そう。だから、わざわざこうやって来たの」

「……さっきは暑いからって言ってなかった？」

「それは、嘘《うそ》。わかばが馬鹿みたいにまつり好きだって言うから、好きじゃなくなってもらうために来た。……だから、離れちゃ駄目」

なんでそんな嘘をつくのか。

ていうか、うーん。どうなんだろう。

正直言って、小牧と一緒に過ごすより、一人で泳いでいた方がよっぽど楽しい気もするのだけど。

「じゃあ、今日は梅園がエスコートしてくれるんだ？」

「エスコートとは言わない。ただ、教えるだけ。わかばが知らないだけで、世の中にはまつりよりいいものがたくさんあるってこと」

プールなんて今まで何度も来ているし、その楽しさは小牧よりもずっと知っていると思うが。

逆に、小牧は知っているんだろうか。友達とか家族と一緒に来るプールが、どれくらい楽しいのか。

知らないようなら、私が教えてもいいかもしれない。

まあ、私がどれだけ頑張っても、小牧は楽しいなんて絶対思わないだろうが。

「どっちでもいいけどさ。じゃあ、どうするの？　どこから行く？　流れるプール？　波のプール？　それとも、五十メートルのやつ？」

「……あれ」

彼女が指差したのは、意外にもウォータースライダーだった。

ああいうので楽しんでいる人を見下していそうなのに。私は目を丸くしたけれど、小牧に手を引かれて、歩かざるを得なくなった。

「ほんとにあれ乗るの？　並ぶし、高いよ？」

「私、別に高所恐怖症じゃない。わかばみたいに堪《こら》え性がないわけでもないから」

大丈夫だろうか。

この前ホラー映画を見た時のことを思い出して、少し心配してしまう。でも、あんまりあれこれ言うと機嫌を損ねてしまいそうだから、それ以上何も言わないことにした。

結局私は、小牧と二人で長蛇の列に並ぶことになった。

今日は日差しが強いから、棒立ちしていても寒くはない。ないんだけど、気まずかった。

何せ、周りはカップルとか友達同士とか、家族で来ているのだ。その中で私たちだけがどれにも当てはまらない、不仲の幼《おさな》馴染《なじみ》同士なのである。

雰囲気を無駄にピリピリさせながら手を繋《つな》いでいるのなんて、私たちくらいだろう。

「梅園。その水着、買ったの？」

「盗んだって思ってる？」

「いやいや、そうじゃなくて」

なんでこんなに喧嘩腰《けんかごし》なんだろう。今、そんな流れだったっけ。

「わざわざ今日のために、新しく買ったのかなーって」

「だとしたら、何」

「んー……」

私をプールに連れてくるためだけに、わざわざ新しい水着を買ったのだとしたら。

なんというか、やっぱり小牧は色々と熱量が違うってなる。

私への嫌がらせのためだけに自分の唇を差し出してきたり、貴重な時間を使ったり。もっと労力をかけるべき事柄があるような気がするけれど。

私はじっと、彼女のことを見つめた。

気合いの入り方が、私とは違うと思う。水着だってちゃんとしたデザインのものだし、プール用のメイクもしているようだし。

いつも思うけれど、私と二人きりなら別にメイクなんてそんなに気合いを入れてしなくてもいいんじゃないだろうか。

いや。

彼女はメイクをしようがしまいが注目されるのだから、いつもちゃんとしないと駄目なのかもしれない。そう考えると、大変だ。

私なんて、今日は面倒だからしていない。

「すごいなーって思う」

「は？」

「色々用意周到っていうか、頑張ってるなー、みたいな」

「何それ。上から目線すぎ」

たまに素直に褒めてみたら、これである。

小牧って、友達と話す時も誰が上から来たとかなんだとか考えているんだろうか。生きづらいにもほどがあると思うけど、そもそも小牧に心から友達と思える相手なんていないに違いない。

もっと気楽に人間関係を楽しみなよ、なんて私には言えないけど。

朝から色々ありすぎて疲れた私は、それ以上何も言わずに自分の番が来るのを待った。

しばらく無言で待っていると、不意に小牧が私の手をいじり始めた。

握手するみたいに手を繋いでいたのが、指と指とを絡ませ合うような握り方になって、今度は爪を親指で順番に撫《な》でられる。

かと思えば手の甲を指でなぞって、腕に来て、もっと上へ。

退屈凌《しの》ぎの手遊《てすさ》びは結構だけど、あんまり水着を引っ張らないでほしい。だるだるになったらどう責任を取ってくれるのか。

「……嫌がらないんだ」

彼女はぽつりと言う。私は小さく息を吐いた。

「今更ちょっと体に触られたくらいでぐちぐち言わないよ。小学生じゃあるまいし」

「さっき自分のこと、小学生って言ってなかった？」

「今は高校生だから」

「いつの間にか中学生でもなくなってるし」

「子供の成長は早いんだよ」

「そういう問題？」

彼女は私の水着を無表情でいじっている。

水着職人か何かだろうか。

あんまり引っ張られると、困る。

「……嫌がってくれないと、つまらない」

「そりゃ随分歪んだ考えですね」

「……わかば」

列はさっきから結構な勢いで進んでいて、あと三分もすれば一番前まで行けそうだった。高さもそれなりの場所に来ているからか、少し風を感じる。

乾いた体の表面をなぞって、髪を内側からふわりと持ち上げてくる感じ。ちょっと、小牧に似ているかもしれない。無遠慮なようで、優しくも感じるし、でもやっぱりそんなことはない、みたいな。

私は目を細めた。太陽がいつもより近くて、眩《まぶ》しい。

プールって、よくよく考えると変な場所だ。いつもよりずっと肌をさらけ出して、水に浸《つ》かったり流されたりして。普段の日常とは違うけれど、この場所、この時間は確かに日常の延長線上にある。

「なあに、梅園」

その場の雰囲気に合った表情というのは存外難しい。小牧と一緒にいる時は、特に。

だって、向こうの考えていることとか、今の気持ちとか、そういうのが全然わからないから。

だから私は、にこりと笑った。

多分、いつも通りの笑みだったと思う。小牧はそれに何を思ったのか、そっぽを向いた。

やっぱり小牧は、可愛くない。

「……なんでもない」

「……そ」

小牧がこっちを見たら、何かが変わるなんて。

そんなこと、思っていないけれど。

気づけば私は、小さく口を開いていた。

「……私も、触っていい？」

小牧は答えない。「別に」でも「駄目」でもいいから、何か言ってくれないだろうか。

無言でいられると、伸ばした手をどうすればいいのか迷う。

迷って迷って、私は両手を彼女の頰《ほお》に伸ばした。

迷い箸は行儀が悪いらしいけれど、手を迷わせても行儀はきっと悪くないと思う。マナーにうるさい小牧がなんて言うかは、わからないが。

「私、触ってもいいなんて言ってないけど」

「沈黙は肯定ととるのが基本だよ」

「……じゃあ、駄目」

「触られた後の駄目は無効ですー」

「それ、わかばにも適用されるの？」

両頰を手で挟んで、彼女の顔をこっちに向かせる。

さっきまで私の視線から逃げるみたいにそっぽを向いていたくせに、今度は穴が開くくらいじっと見つめてくる。

極端にも程があると思う。それなりに目を合わせて、それなりに話してくれれば、私はそれでいいんだけど。

でも、私から目を逸《そ》らすことはしない。せっかく自分の方に向かせたのにこっちが目を逸らしたらめちゃくちゃだし、何より、負けた気がするし。

「その辺りは、臨機応変に」

「じゃあ、わかば。……触るから」

彼女は私の両腕に、そっと手を添えてくる。

孵化《ふか》する寸前の卵を持とうとしているみたいな、柔らかさを感じる。

視線と視線がぶつかった。

逃げられない、と思う。その綺麗《きれい》な瞳には、私の瞳がどんな色に見えているんだろう。

疑問は触れられた腕の熱さに流されて、消えていく。

なんでこんなに熱くて、ちくちくするんだろう。

「あんまり変なところに触るのは、駄目だからね」

「知らない。もうわかばに触ったから、駄目は無効」

「だったら、私も勝手に触るから」

「……好きにすれば」

意外な言葉に、目を丸くする。

好きにと、言われても。

私は小牧と違って変態ではないから、変なところを触ったりなんてしない。でも、もし触ったとしたら、小牧は一体、どんな反応をするんだろう。

その白くて滑らかな首だとか、ちっとも日焼けしていない腕だとか。あるいは、無駄に輝いている髪だとか。

どこに触れても怒りそうだけど、実際は。

そう思っていると、彼女の手が静かに動き始める。

小牧は、私の体の、どの部分を触ろうとしているのか。疑問に思いながらも、彼女をじっと見つめる。

その瞬間。

「次の方、どうぞー！」

びくりと体が跳ねる。

どうやら、いつの間にか私たちの順番が来ていたらしい。小牧は順番が来ていたことに気づいていたのか、全く驚いた様子を見せていない。

ちょっとくらい驚けばいいのに。

そして。私に好きに触れなかったことを残念がればいい、と思う。でも、小牧は相変わらず無表情のまま私から目を逸らして、そのまま歩き出してしまう。

「梅園、先に行くの？」

「何言ってるの？　一緒に乗るんだよ」

「……え」

私が目を丸くすると、小牧は私の方を向いて、にっこりと笑った。


流れて、滑って、落ちる。

受験生を乗せるにはあまりにも縁起の悪いアトラクションに、私は小牧と二人で乗っていた。

いや、まあ、私が受験生だったのは去年のことだから、別に縁起とかそういうのは関係ないんだけど、でも。まさか二人で一緒に乗ることになるとは、思ってもみなかった。

「梅園、楽しい？」

「別に」

前に座っている小牧は、カーブしようと直線を進もうと関係なく、微動だにしない。後ろからだと彼女の表情なんてわからないけれど、いつも通り無感動な表情を浮かべているのだろう。

前を滑っていた人たちは、楽しそうな叫び声をあげていたというのに。小牧もわーとかきゃーとか言ってみたらどうなんだろう。

せっかく二人で乗っているのに、これじゃ全く楽しくない。

「楽しくないなら、なんで乗るなんて言ったの？」

「べ――」

「別には禁止。梅園が楽しくないと、私も楽しくないんだけど？」

「何それ」

「何それも何もないから。二人っきりで来てるのに、相手がつまんなそうにしてたら私までつまらなくなるって言ってるの！」

ウォータースライダーに乗って退屈そうにする人なんて、小牧以外にはいないだろう。私も小さい頃は好きだったからよく乗っていたし、その時は存分に楽しんでいたはずだ。

でも、今は全然、全くもって楽しくない。

楽しもうにも前に座っている小牧があまりに冷静だから、自分だけわーわー言ってたら馬鹿みたいだし。こうなったらなんとしても、下に辿《たど》り着くまでに小牧を楽しませるしかない。

普段はともかく、こんなところまで来て、意地を張って楽しまずにいるなんて馬鹿げている。

「笑うか叫ぶか、どっちかはしなよ！」

「そんなの、わかばが勝手にすればいいでしょ」

「私はしてるから、梅園もしなって！」

小牧は私の方を振り返ってくる。

朝の占いが最下位だったのかってくらい、彼女は不機嫌そうに眉を顰《ひそ》めていた。私はそんな彼女に、柔らかく笑ってみせた。

笑顔は得意なのだ。基本的にはいつも笑っているから。

茉凛ならきっと可愛いと言ってくれるであろう私の笑顔を見て、小牧は余計に不機嫌そうな顔をした。

おいこら。

「こんなんじゃ、祭りが一番で変わんないよ！」

「……そん、なの。知らないから」

小牧はそう言って、また前を向いてしまう。

ムカつく。

自分から誘っておいて。プールに行くって言ったのも、ウォータースライダーに乗りたいと言ったのも小牧だ。自分で言ったからには楽しむ義務があると思うし、こんなトゲトゲした態度で一日を過ごすなんてありえない。

嘘《うそ》でも一日くらい、にこにこしてればいいのに。

そう思うけれど、小牧の常識がおかしいのは今に始まったことじゃなくて。だから私はちょっと身を乗り出して、彼女の脇腹に手をやった。

「ちょっと、わかば」

「このままじゃ絶対終わらせないから！」

「触らないで。危ないし、そんなことしたって私、笑わない」

確かに小牧は、私がこんなに触っているのに全くくすぐったそうにしていない。もしかして小牧の体には神経が通っていないのだろうか。

あるいは、くすぐったいのを我慢して微動だにせずにいられるくらい、忍耐力が優れているのか。

どっちにしてもつまらないしムカつくし、胸がぐるぐるして嫌な気持ちになる。

「だったら、梅園は……」

小牧はどんな時に笑うんだろう。

楽しい時?

悲しい時?

幸せな時?

小牧が楽しい気分になるのって、どんな時なんだろう。小牧の幸せは、どんな形をしているんだろう。考えたってわかるはずもないけれど、考えずにはいられない。彼女の本当の笑みは、一体どんな時に見られるんだろう。

そんなのどうでもいいのに、やっぱりどうでもよくない。

さっきみたいに、嘘の笑顔でもいいから、今小牧の笑顔を見たい。見る意味なんてなくても、それでも。

めちゃくちゃだ。小牧と一緒にいる時も、そうでない時も、彼女について考えている時はいつだって、私の心は矛盾でおかしくなる。

機械のバグみたいに、人の心の矛盾も取り除ければいいのに。

そう思った瞬間、全身に衝撃が走って、体が沈んでいくような感じがした。

どうやら私の試みは失敗したらしい。結構高いところまで登ったはずだけど、降りる時は割と一瞬だ。あれこれ言っている間に下のプールまで辿り着いたらしい私は、そのまま底の方まで沈んでいく。

どうせ小牧は、日の当たる場所にいるんだろう。そう思って水面の方を見るけれど、彼女の姿はない。

　その時、私の体に何かが触れた。

　水の中で、いつもと違う色の瞳が輝いていた。

　月とも夜空の星とも違う、太陽みたいな輝き。思考が回るよりも先に、私は目を瞑《つぶ》った。

　体が何か大きいものにすっぽりと収まって、そのまま浮上していく。

　静寂が水底に置き去りにされて、騒がしさが耳を打った。

「わかば。……わかば！」

　嘘じゃない声がする。私は目を開けた。

「……おはよう、梅園」

「おはようじゃ、ない。何溺れてるの」

「溺れてないよ。プールの底にタッチしたくなっただけ」

「何それ。……本当に、馬鹿じゃないの」

「……心配してくれたの？」

「するに決まってるでしょ」

「……え？」

　真剣な瞳が、私を射貫《いぬ》く。

　どうして彼女の瞳は、こんなにも眩《まぶ》しいのだろう。ある種のやかましさすら感じる夏の日差しよりもずっと、眩しくて目が痛い。

「ここでわかばに溺れられたら。……プールの人にも迷惑かけるし、わかばのお母さんにも心配かけるし、最悪」

「ああ、そういう……」

知っている。小牧が私のことを純粋に心配してくれるわけなんてないって。だから私は、いつものように笑った。

「梅園も、人に迷惑かけたくない、みたいなのあるんだね。ちょっと安心」

「あるに決まってるでしょ。わかばと違って、馬鹿じゃないんだから」

「私が馬鹿だとか、そういうのは関係なくない？」

「ある。もういいから、上がるよ」

「はーい」

小牧はそのまま泳いでいこうとする。私は少し迷ってから、その手を握った。

「……わかば？」

「なんか、疲れちゃった。陸まで運んで、梅園」

「……はぁ」

小牧は露骨にため息をついた。どうせすぐに振り払われると思っていた手は、意外にもしっかりと握られて、そのまま引っ張られる。

「これ以上ここにいたら、本当に迷惑だから」

「うん。……ありがとう、梅園。優しいね」

「……知らない」

こういう時、知らないとは普通言わないと思うけど。

でも、いいか。笑顔はちゃんと見られなかったし、相変わらず小牧はぶっきらぼうだけど。それでも、ちょっと胸が軽くなった。

それがどうしてか、なんて。

考えたってきっと、答えは出ないけれど。


一日中プールで遊んだ後の倦怠感《けんたいかん》が、私は結構好きだったりする。

大きくあくびをして、軽く伸びてみると、茜色《あかねいろ》の太陽が見えた。

「久しぶりに一日中遊んだ気がするね」

「そうかもね」

小牧は駐輪場に置かれた自転車に鍵を差し込んで、前に乗った。

「後ろ、乗って」

「帰りは私が運転しようか？　梅園、疲れてるでしょ」

「一日遊んだくらいで疲れるほど柔じゃない。……それに、わかばじゃ足届かないでしょ」

「高さ調整すればいいじゃん」

「わざわざそんなことするくらいなら、私が運転した方が早い」

一理ある。

行きも帰りも運転させるのはちょっと悪い気がしたけれど、私は大人しく自転車の後ろに乗った。

緩やかに走り出した自転車は、行きよりもちょっと車輪が重い気がする。

「今日は楽しかったね」

「私が楽しくないと、わかばも楽しくないんじゃなかったの」

「梅園はつまんなかったんだ」

あの後、流れるプールに行ってみたり、波のプールに行ってみたり、色々したんだけど。

結局小牧はあんまりというか、全く楽しめなかったらしい。

私は小さく息を吐いた。

「普通」

「お、結構高得点だね。めちゃくちゃつまらなかったって言われるかと」

「高得点ではないから」

私は彼女のパーカーのポケットに手を突っ込んだ。行きと変わらないはずだけど、手がちょっとふやけているせいか、なんだか違って感じられる。

「……ねえ。理想のデートについて、ちゃんと考えた？」

「そういえば、考えとけって言われてたっけ」

私はポケットの中でもそもそと手を動かした。

「そうだなぁ……。一緒に楽しむために考えてくれたデートなら、それが一番の理想かもね」

「……意外。わかばのことだから、お花畑に行きたいとか、綺麗《きれい》な夜景が見たいとか、そういうこと言うかと思った」

「それもいいけどねー」

初デートにはそれなりに憧れがあった。

でも、憧れが理想かと言われると、きっとそうでもなくて。二人で楽しめるなら、どんなデートでもいいのだ。その辺をただ歩くだけでも、コンビニで買ったお菓子を家で食べるだけでも。

「……わかった。じゃあ、考えとく」

考えとくって、なんだろう。

私の意見を参考にして、誰かとデートをするつもりなのか、それとも。

いや。小牧が私の意見を参考にするわけがない。ということは、きっと、そういうことなんだろう。

私はポケットから手を出して、彼女のお腹《なか》に腕を回してみせた。
小牧は何も反応しなかったけれど、別に、今はそれでいいかと思う。
私たちはそのまま、無言で家に向かった。

2　灼熱の制服デート

夏を夏たらしめるものとは、なんだろう。

セミの声。熱い日差しに、陽炎《かげろう》。直売所で売られるとうもろこしとか、スイカとか。夏といえば、と聞かれて思い浮かべるものはたくさんあるけれど。

そういうものが全部なくたって、夏は夏なのだ。勝手に巡る季節に、人間の思う「らしさ」なんてものは関係ない。だから、夏に夏らしいことなんてしなくたっていいのだ。夏休みに冬っぽいことをしても許される。許されるの、だけど。

「……暑い」

上はみんみん、下はじりじり。セミは今日もうるさくて、脚は地面からの照り返しで恐ろしく熱い。

冬に穿《は》くスカートは寒くて嫌だが、夏も大概である。

まして、今はブレザーまで着ているのだ。そりゃあもう、自ら蒸し焼きになろうとしているようなものである。

そう。今日の私は制服を着ているのだ。ブラウスにスカートにブレザー。衣替えをするにはまだ早すぎるし、そもそも今は夏休み。本来制服なんてクローゼットの奥で眠らせておくもののはずなのに、どうして着ているのかといえば。

「お待たせ、わかば」

「はいはい、待たされましたとも」

私はため息をついて、待ち合わせ時間ぴったりに現れた小牧《こまき》に目を向けた。

小牧もまた、私と同じように制服を着ている。今日のデートに制服を着てくるように言ったのは小牧だから、当然だ。小牧も着てくると昨日約束したのだから、これで着ていなかったらどうしてやろうかと思ったけれど、そこは意外にも律儀だ。

だからってこの暑さが軽減されるわけでもないし、特別お揃《そろ》いで嬉しいとか、そういうこともない。

「じゃあ、早速行こうか」

「……待って。ブレザー、脱ぐ」

「駄目。前を開けるのはいいけど、脱ぐのは禁止だから」

「なんで？　いい加減暑くて死にそうなんだけど」

「なんでも」

わからない。小牧の考えは凡人の私には理解できないのかもしれないけれど、それにしたってだと思う。

　私への嫌がらせなら小牧まで制服を着る必要はない。私は少し考えてから、きっちりと留められた彼女のブレザーのボタンを外し始めた。

「何してるの」

「チェック」

　小牧は相変わらず、汗一つかいていない。もしかしたら小牧は服の下に扇風機とかそういうのを仕込んでいるのでは、と思って見てみるけれど、そんなものはなさそうだった。

　背中側に回り込んで探ってみても、やっぱり何もない。

　どうなっているんだ、小牧の体は。

「気、済んだ？」

「……うむ」

「じゃ、行くよ」

　小牧はそう言って、手を差し出してくる。

　その手を握るには、かなりの勇気が必要だった。小牧と手を繋ぎたくないとかいうのは今更ないけれど、とにかく今日は暑いのだ。できることならブレザーを脱いで、手も繋がずに歩きたいものである。

　でも、小牧がお構いなしで私の手を握って歩き出してしまうから、私も仕方なく彼女の手を握り返した。

私の手、汗でベタついたりしてないかな。

二人で楽しめるのなら、どんなデートでもいい。

そう思っているのは確かだけど、こんな調子で楽しめる気はしない。せめて制服じゃなければ、少しはマシだったかもだけど。

私は小さく息を吐いて、小牧の隣に並んだ。

一年生なんてまだ制服に着られるのが普通なのに、小牧だけは、もう三年生と同じくらい制服を着こなしている。ブレザーなんて、まだ二ヶ月くらいしか着ていないはずなのに。

やっぱり、遠いと思う。

小牧だけ他の人と流れている時間が違うのだろうか。なんでもすぐにできるようになるし、制服だってため息が出そうなくらい似合ってしまっているし。

私は自分のネクタイを、軽く引っ張った。少し首が苦しくなっても、制服は私に馴染《なじ》んでくれない。

別に、彼女に追いつきたいわけではないけれど。とにかく、気に入らなかった。

「梅園《うめぞの》」

考えると言葉が止まる。考えないと、自分でもよくわからないような言葉を口にしてしまうこともあって。

だから私は、ちょっとだけ考えてから、彼女に声をかけた。

「制服、似合ってるね。可愛いよ」

他意はない。ただ、以前茉凛《まつり》に、小牧に可愛いって言ってみたらと提案されたから。それだけの理由で、私は思ってもいないことを口にした。

小牧は可愛くない。微塵《みじん》も、これっぽっちも。

「ふーん」

これである。

やっぱり可愛いなんて、言わなければよかった。言ったところで彼女を私と同じ凡人にできるわけでもないし、胸がすくわけでもない。

「わかば、は」

彼女は立ち止まって、私を見下ろしてくる。

いつも通り、感情が見えない瞳で。

「わかばは、やっぱり。……やっぱり、かわ、ぃ、くない」

「知ってる。いいし、別に。梅園に言われなくたって、茉凛はいっぱい可愛いって言ってくれるし」

「そんなに可愛いって言われたいんだ。もしかして、わかばってナルシスト？」

「誰がナルシじゃこら。私が実際可愛くても可愛くなくてもいいの。友達がそう言ってくれることが嬉しいんだから」

小牧が可愛いと言ってくることを期待していたわけではない。自分のことをそんなに可愛いだなんて思っていないし、言ってほしいとも思わない。ただ、茉凛にそう言われると嬉しいってだけで。小牧に言われてもきっと嬉《うれ》しくなかった。だからいい。別に、どうでも。

「……じゃあ、可愛い」

小牧は私の耳元に唇を寄せて、囁《ささや》いてくる。

甘いようで、空っぽな響き。それは、前に私が小牧に言った「好き」という言葉の響きによく似ていた。

「じゃあって何さ。別に、無理に言わなくてもいいから。心にもないこと言われたって、嬉しくない」

「無理に言ってないよ。さっきは照れちゃって言えなかっただけで、私は本気でわかばのこと、可愛いと思ってる」

言葉が耳に絡み付く。

鼓膜に直接蜂蜜をぶち撒《ま》かれたみたいに、粘着質で甘い響き。絶対に私のことを可愛いなんて思っていないくせに、本当にそう思っているみたいに聞こえる響きだった。さっきの無感動さが、嘘《うそ》であるかのように。

でも。小牧の言葉にどれだけ感情がこもっているように感じても、私はそれに騙《だま》されたりなんてしない。

所詮彼女の言葉は全部幻だ。他者に見せている愛想の良さとか、笑顔と同じで。そこに本当の感情がないなんてことは、よくわかっている。

だというのに。嘘でも幻でも、彼女の言葉から感情が感じられたことを、喜んでいる自分がいる。本当でなくても、彼女の笑顔が見たい。二日前にプールでそう思った時と同じだ。

彼女のことを知りたがる心が、ただの嘘を喜んでいる。

そんなの、馬鹿げているというのに。

「可愛い。わかばは、可愛いよ」

「うるさい」

「そのブレザーも、よく似合ってる」

「うるさい、ってば」

胸に波紋が広がる。

本当に、やめてほしい。茉凛に可愛いと言われた時も、今日のことを思い出してしまいそうになるから。

小牧の嫌がらせは、的確でいやらしい。

　ずっと一緒にいたためか、彼女は私の嫌がることを熟知していて、それを突いてくるのだ。だから私は毎回心を乱して、彼女の思惑通りになっている。じわじわと心を侵食されて、埋め尽くされて、私が消えていく。私自身のことを考えられなくなって、心が小牧につきっきりになる。

「私はわかばのこと、茉凛が思うよりもずっと可愛いと思ってるよ」

　耐えられなくなって、私は彼女の胸を押した。

　意外にも小牧はすんなり私から離れる。けれど、手は繋《つな》いだままだった。

　見上げてみると、小牧はにこやかな笑みを浮かべていた。今は嘘の笑みが見たい気分ではなかった。でも、小牧が私の思い通りになることなんてないのだ。

　嫌がる私の様子を見て喜んでいるのだとしたら、やはり性格が悪いと思うけれど。夏とブレザーのせいでいやに体が熱くて、それどころじゃない。

「梅園の可愛いは、茉凛の百分の一にも満たないから。赤点。落第。二度と言わないで」

「わかばがちゃんと可愛ければ、私ももっと心を込めて言えただろうけどね」

「……やっぱり、本気じゃなかったんじゃん。最低」

「嬉しくないんだ」

「そりゃ、梅園に言われてもね。梅園は友達じゃないし」

「……今日は恋人だもんね」

「別に、デートするからって恋人とは限らないでしょ」

「限る。少なくとも、今日のデートは恋人同士のデートだから」

小牧はそう言って、また私の手を引いて歩き出した。

「だからちゃんと、記憶に焼き付けなよ。将来誰とデートしても、私のことを思い出せるように」

最悪な発言をしながら、小牧は私に笑いかけてくる。

私はといえば、心にもないことを感情を込めて言える彼女に少し感心しながらも、その才能をもっと別のところに活《い》かせばいいのに、と思った。

女優にでもなればいいのだ。好きでもなんでもない私と、ずっと友達として付き合い続けられたその演技力なら、きっとどんな役だって演じられるだろう。

「梅園のことなんて、思い出さない。勝負に勝ったら、すぐ忘れるから。嫌いな相手のことをずっと覚えてられるほど、私は暇じゃないし」

「無理だよ、わかばには」

小牧はそう言って、私の薬指を撫《な》でる。

「私のこと、忘れられるわけがない。だってわかばは、わかばだから」

小牧は私を、一体なんだと思っているんだろう。

確かに、私はもう一生、小牧のことを忘れられない。たとえ彼女との縁が切れて、二度と会わなくなる日が来たとしても。

ふとした瞬間に、私は小牧のことを思い出すのだろう。

ただの公園でも、見慣れた帰り道でも、自分の部屋でも。小牧と結びついていないものなんて何もなくて、心の奥に追いやられた私は、ずっと小牧の幻を見続けることになるのだ。

でも、そんな生活にも、慣れてそれなりに生きることができるはずだ。小牧が私の前から消えても、私の人生は続くのだから。

「意味わかんない。わけわかんない。……嫌い」

私は強く小牧の手を握って、彼女の前を歩いた。

ブレザーは嫌になるくらい重くて、夏には似つかわしくない。だけど、こんな夏らしくないことをしている私たちは、何よりも私たちらしいのかもしれないと思った。


小牧とデートをするのは、これで二度目になる。

初デートの時はゲーセンに行ったり、なんとなく普通の恋人っぽくショッピングなんてしたりもしたけれど。

今日は地元のショッピングモールではなく、結構遠くの施設まで来ている。でも、結局デートですることなんて、そうそう変わるものじゃない。

ぶらぶら歩いて、時々店に入って、何かを話して。ちゃんとした恋人同士なら当然仲もいいから、会話も弾んで楽しいんだろうけど。

「見てこれ。たい焼きだよ、たい焼き。学校のバッグにつけてみたら？」

「別に」

なんだそれは。

全くもって会話が成り立っていない。言語がわからない相手だって、もうちょっと会話が成立すると思うのだが。

「……こっちは果物もあるよ。めちゃくちゃリアルじゃない？」

「そうかもね」

非常に、とても、すごく、楽しくない。

こんなにも楽しくないデートをしている人間なんて、日本で私だけなんじゃないかと思う。いくら私たちがお互いのことを嫌い合っているといっても、一応恋人同士のデートという体なんだからもっと楽しい雰囲気にしようとか、ないんだろうか。

あるいはこういう、気まずくてつまらないデートをすることこそが私への嫌がらせなのかもしれない。

だとしたら効果はてきめんだ。すごく。

でも、理想のデートとは程遠い。わざわざ理想のデートについて聞いてからこうしてデートに誘ってきたのだから、私の理想通りのデートをしてくれるのではないのか。お互いに楽しめるようなデートが、私の理想なのだが。

「食品サンプル見るの、楽しくないの？　こんなにリアルなのに」

「別に」

「梅園。今日の天気は？」

「晴れ」

てっきり「別に」と「そうかもね」以外の言葉を話せなくなってしまったのかと思ったが、そうではないらしい。

しかし。これならチャットボットと会話している方がよっぽど楽しいと思う。いつもは小牧だって、もうちょっと私と会話してくれるはずだが。

さっきまでは一応、ちゃんと会話になっていたし。

この数分で一体何があったのだろう。……もしかして。

「梅園、こっち」

私は食品サンプルの店から出て、廊下の端っこまで彼女を引っ張った。

夏休みということもあって、施設内は頭がくらくらしそうなくらいに混み合っている。あんまり立ち止まっていると迷惑になりそうだから、私は手早く小牧の前髪を上げて、おでこに手を当てた。

熱くは、ない。

私はじっと彼女の目を見つめた。目の焦点も、ちゃんと合っている。そこに私が映っているのかどうかは、わからないけれど。

どうやら、風邪を引いているとか、熱中症だとか、そういうわけではないらしい。ちょっと安心するけれど、だったらこの態度はなんなんだって話になる。デートに誘ったのは小牧だ。小牧が楽しんでくれなきゃ、嘘である。

「何？」

「ううん、なんでも。馬鹿は風邪引かないってほんとなのかなーって思って」

「馬鹿はわかばでしょ。テストの成績、私に一度でも勝ったことあった？」

その言葉に、私はくすりと笑う。

小牧は眉を顰めた。

「何笑ってるの」

「ふふ……なんでだろうね。不思議だね」

調子が出てきたじゃないか。そう、それでこそ小牧である。別にだけじゃつまらない。ちゃんと私の言葉を受け取って、考えてから言葉を返してくれるなら。その言葉がどんなものでもいいと思う。

私を傷つけるための言葉でも、馬鹿にする言葉でも。多少ムカつきはするけれど、心ここにあらずって感じで会話を終わらせられるよりはよっぽどマシだ。多分。

「笑わないで、わかば」

「なんで？　楽しいときに笑わないなんて、無理だよ」

「何も楽しくないでしょ。……いいから、笑うのやめて。やめないと、ここでキスするから」

「してみれば？」

人間、大切なものは失って初めてその大切さに気づくとは言うけれど。

実際その通りかもしれない。普通に会話が成り立つということが、こんなにもありがたいとは思ってもみなかった。

くすくす笑っていると、小牧の顔が近づいてくる。

頭のネジが百本くらい外れているであろう小牧も、さすがにここまで人通りの多いところでキスはしてこないだろう。

そう高を括《くく》っていたけれど、やっぱり小牧はぶっ飛んでいるようだった。他の人なんて目に入っていないみたいに、彼女は端整な顔を近づけてくる。

「ちょちょっ……」

「動いちゃ駄目。しろって言ったのは、わかばだから」

「しろじゃなくて、してみればって言っただけでしょ！　こんなところでキスなんて、何考えて――」

「わかば、静かにして。他の人に迷惑」

彼女の人差し指が、私を黙らせる。唇に触れるその指の感触は、どこか遠く感じられて。

次の瞬間、彼女のもう片方の手が私の前髪に触れる。そのまま、さっき私がしたみたいに前髪を上げて、彼女は私のおでこにキスをしてきた。柔らかな唇は、体のどこに触れても私の心を乱してくるからすごいと思う。

触れられた部分が熱を持って、くらくらした。

「これくらいなら、恋人同士の挨拶でしょ」

言い訳のように、小牧が言う。

「だったら、私もしていいってこと？」

「したいならね」

「……じゃあ、しない。私は梅園と違ってキス魔じゃないから。しても楽しくないし」

「なら、いい。行こう、わかば」

「え。もう他の店行くの？　もうちょっと見ていくとか……」

「駄目。時間は有限だから」

それはそうだけど。

もうちょっと柔軟に時間を使った方が、デートって楽しいと思う。まあ、恋人ができたことは一度もないから、恋人同士のデートが実際どんなものかなんてわからないんだけど。

小牧は、どうなんだろう。

高校に入ってから何人と付き合ったのかはわからないが、先輩と付き合っていた頃は、どんなデートをしていたのか。

今みたいに忙しく一日中歩き回っていたのか、あるいは意外とにこやかに、手でも繋ぎながらゆっくり色んな場所を見て回ったりしていたのか。

想像できない。そもそも先輩と小牧は、普段どんな話をしていたのだったか。

考えを巡らせたまま、私は小牧に手を引かれて施設内をせっせと回ることになった。前みたいに服屋に行ったり、雑貨屋を見たり、少しカフェで休んでみたり。楽しくないこともないんだけど、でも、忙《せわ》しなさすぎて落ち着かない。

私が求める楽しいデートと、彼女がやろうとしているデートはなんというか、毛色が違うというか周波数が合っていないというか。

掛け違えたボタンをそのままにしているみたいな気持ち悪さを抱えたまま、午後を迎える。それなりに履き慣れたローファーは長時間歩いても靴擦れを起こしたりなんてしないけれど、私はちょっと足を押さえて、痛そうにしてみせた。

「ちょっと足、痛くなってきちゃった。どこかで休んで、お昼にしようよ」

「……いいけど」

まだまだ遊び足りないです、みたいな顔をして小牧が答える。

散歩し足りない大型犬みたい、と思ったけれど口には出さない。無謀な挑戦はしても、自ら死ににいくほど私は馬鹿ではないのだ。

少し歩いて、私たちは公園のベンチに座った。

今日は小牧の要望で、互いに弁当を作ってくることになったのだ。正直、デートで弁当の交換なんて今日日しないと思うけれど、小牧にしろと言われれば断ることはできない。

それに、私の理想は互いに楽しめるデートなのだ。弁当の交換で小牧が楽しいと思うのなら、それはそれでいい。小牧のことだから、嬉しいなんて言って笑うとか、そういうのは絶対ないだろうけど。

「はい、どーぞ」

「ん。……私のも」

どうなんだろう。自分で作れと言われたから、今日は全部の品を手作りしてきたけれど。

正直言って私は料理をそんなにしないから、美味《おい》しいかどうかはわからない。

一応、味見はした。したんだけど、不安は不安で。

別に小牧がどう感じようと、いつもはどうでもいいんだけど。今日はデートなわけで。

私は少しだけドキドキしながら、彼女の作った弁当の包みを解いていく。

なんというか、小牧っぽくない。

ピンク色なんて、彼女の好きな色ではないだろう。どちらかというと白とか水色とか、淡い色の方が好きなはずだけど。本当はピンクとか、濃い感じの色の方が好きだったりするんだろうか。私は結構、こういう明るい色、好きだけど。

あれこれ考えながら、弁当の蓋を開ける。

「……何これ」

「お弁当」

「いや、そうじゃなくて。中身、おかしくない？」

「どこが。普通のお弁当でしょ」

絶対違う。

普通の弁当はもっと美味しいものが入っているはずだ。でも、この弁当にはおよそ美味しそうなものが一切入っていない。

ゴーヤチャンプルーに、みょうがの和物《あえもの》に、プチトマト。ご丁寧に人参《にんじん》のグラッセまである。

ことごとく私の嫌いなものが詰まっている。お子様ランチの邪悪バージョンみたいだ。ここまで作り手の心が滲み出ている料理なんて、そうそうないんじゃないかと思う。実にありがたくない。

「これ、全部私の嫌いなものでしょ。普通、デートでこういうことする？　台無しなんだけど」

「好き嫌いをなくさないと大きくなれないよ」

「私の体は好きなものだけで構成するつもりだから。嫌いなものを食べてまで得た高身長なんて意味ないし」

「何その馬鹿みたいな考え」

「いいし、馬鹿で。ていうか、梅園だって辛いもの嫌いなくせに。大きくなれないよ」

「もう十分なってる。わかばと違って」

「はいはいそうですか、それは何よりですね」

なんで小牧ばっかり大きくなっているんだろう、と思う。

私だってこれでもよく食べてよく眠っているのだから、もっと大きくなってもおかしくないと思うのだが。

やはり、吸われているのだろうか。本来伸びるはずだった身長まで、彼女に。

私はため息をついた。

「……いただきます」

「いただきます」

ちらと小牧の方を見る。彼女は学校のパンフレットに載せられた写真に出てくる生徒みたいに、無駄に姿勢を正して弁当を食べている。

足の揃《そろ》え方とか、背筋の伸ばし方とか。

そのどれもが何かのサンプルかってくらい、妙に模範的だ。私たちは現実に生きている人間なのだから、もっと肩の力を抜いたっていいと思うけれど。いくら彼女がなんでもできるからって、いつもこんな調子じゃ疲れそうなものだ。

いや。意外と小牧も、家ではだらしないのかもしれない。ゴムの伸び切ったパジャマとか着て、ぐーたら過ごしていたり。

……ないな。

小牧がそこまで油断することなんて、きっとない。だからこそ、彼女は自分自身のことを人間じゃないかもしれないと悩んでいたわけで。

だけど、見てみたいと思う。だらけきった顔とか、だらしない服を着た姿とか。小牧はちゃんと、今ここに生きている普通の人間だってところを。私の知らない、本当の表情を。

無理かな。天使の小牧様が、堕天でもしない限り。

「梅園。お弁当の味付け、どう？」

「普通。レシピ通り作ったんでしょ？　不味《まず》くはならないよ」

おい。そこは嘘《うそ》でも美味しいと言うところだろう。恋人同士の、理想のデートなんだから。

必ずしもお世辞を言うことがいいことだとは思わないけれど、歯《は》に衣着《きぬき》せぬ物言いが美徳とも限らない。少なくとも私は、今は美味しいと言ってほしかった。

「……わかばも食べなよ」

彼女はいつも以上にぶっきらぼうに言う。

自分の能力に絶対の自信がある彼女は、料理の出来に関しても一切自分を疑っていないのだろう。

私はため息をついて、ゴーヤを箸で摘んだ。正直、食べたくない。でも、嫌がらせをするという目的のためにせよ、小牧が朝から私のために弁当を作ってくれたのは確かだ。

小牧と違って、私はそういうのを無下にはしない。だから意を決して、嫌いなゴーヤを口の中に放り込んだ。

「……美味しい」

「そう。よかったね」

他人事のようにそう言って、小牧は無感動に弁当の中身を平らげていく。

一口は小さいのに、食の進みは早い。味わう価値もないということなのかもしれないが、単にお腹《なか》が空《す》いていただけかも。

どちらにしても、楽しい雰囲気にはならなそうだ。

私は嫌いなもの尽くしの弁当を口に運んでいく。嫌がらせにしては、どの料理も美味しかった。正直言って口にしたくないみょうがも、プチトマトも。わざわざ湯むきされているおかげか、ぶちゅってならないし。

小牧が作るものが不味いはずないなんて、わかってはいたけれど。

不味い方が、よかったかもしれない。

小牧が作った不味いものを食べた時、私がちゃんとそれを飲み込めるか。そこに、小牧に対する私の思いが表れるはずだから。

実際は小牧の料理が美味しいせいで、飲み込まないなんて選択肢はないんだけど。

「料理、上手なんだね。意外……でもないけど」

「当たり前でしょ。私にできないことなんてない」

「……逆立ちで日本一周とか」

「それはできてもやらないから。……ごちそうさま」

小牧は静かにそう言って、弁当箱を元通りに包み直した。

本当に、小牧が結んだとは思えないくらい元通りだ。結び方の癖も全部、私と同じで。

小牧の形跡が残っていない弁当箱が、ベンチに置かれる。私は少し、胸がざわつくのを感じた。

カラオケの時もそうだったけれど、人の模倣まで完璧だからムカつく。

「ずいぶん早かったね。今日の梅園は腹ペコさんだったのかな？」

「何それ、キモい」

そう言うと思った。

本当に、少しは楽しい雰囲気にしてくれればいいのに。忙しく歩き回って、いつもみたいにぶつかり合うだけじゃ、全然理想には近づかない。

それも私たちらしいといえば、らしいのだが。

私はゆっくりと彼女の弁当を味わっていく。その間、小牧は私の方を一瞥《いちべつ》することもなく、公園で遊ぶ子どもたちに目を向けていた。

もしデートの相手が私じゃなかったら、もうちょっと楽しそうにしたんだろう。いつも学校で見せている笑顔を相手に向けて、相手が喜ぶことを言って、みたいな。

「ごちそうさま。美味しかった」

私は静かに呟《つぶや》いて、弁当に蓋をした。量も味付けも、ちょうどよかった。

そういえば、前に小牧は私の作った玉子焼きを食べて、私っぽい味がしたと言っていたけれど。

小牧の料理からは、小牧っぽさは感じられなかった。今日の私の料理はどうだったんだろう。そう思うけれど、私の味がしたか、なんて聞くのはおかしい。

だから私は弁当を包み直して、そっと彼女の横に置いた。

「……残念だったね」

「何が」

「嫌がらせ、できなくて。普通に美味しく食べられちゃったよ、全部」

少しくらい、手を抜けばよかったのに。

そうすれば、私への嫌がらせとして成立しただろう。そうは思うけれど、基本的に何をするにしても手を抜かないのが小牧だ。

そこがいいところでもあるけれど、今の私を苦しめる一因でもある。

「別に。大きくなれるといいね、わかば。少なくとも、遊園地のアトラクション全部に乗れるくらいには」

「そこまで小さくないわこら。普通に乗れるし」

「ふーん」

小牧は興味なさそうに言って、私の太ももに頭を乗せてきた。いきなりだったから拒むこともできず、無防備に彼女の頭を受け入れるしかない。

「どうしたの、梅園。お腹いっぱいになって、おねむになっちゃった？」

「別に。わかばの顔、見たくないだけ」

さっきからずっと、私の顔なんて見ていなかったくせに。

私は少し呆れながら、彼女の頭を撫《な》でた。相変わらず、触り心地はいいと思う。さらさらしてるし、色も綺麗だし。

地毛が綺麗だと、染めなくてもいいから羨ましいと思う。私はいつか、もっと綺麗《きれい》な色に染めたいと思っている。金とか、銀とか。

「プチトマトとか、みょうがとか……何番目になった？」

「……嫌いの順位？」

前に、そんな話をした覚えがある。

「そう。美味しかったなら、もう嫌いじゃないでしょ」

「どうかな。まだ、結構好きじゃないかも」

「……少なくとも。私のことは、一番嫌いになったでしょ」

「んー。なってないかもね。美味しいお弁当作ってくれたから、ちょっと好きになっちゃったかも」

「何それ。そんなことで人のこと好きになるとか、馬鹿みたい」

彼女は私のお腹の方に顔を向けて、そのまま左手を摑んでくる。

そういえば、今日はまだだったっけ、と思い出す。昨日は会わなかったから、薬指の跡はほとんど見えなくなっている。

それを許す小牧ではないらしい。彼女はそのまま、食後のデザートとでも言わんばかりに私の薬指を嚙《か》んできた。相変わらず、微妙な痛み。普段から感じている胸の痛みに比べれば、全然耐えられるけれど。

だけど、跡がつくくらいだから、痛いは痛くて。

「私は、わかばが嫌い。誰よりも、何よりも。……だから。わかばに好かれてたら気持ち悪いから、わかばも私のこと、一番嫌いになって」

「せっかくのデートなのに、そういう冷めること言わないでよ。嘘でもいいから、もっと楽しいこと言って」

「そんなの、知らないから」

小牧はそう言って、何度も私の薬指を噛んでくる。子猫だってここまで人の指を噛んでこないだろう。

そう思うけど、もう指を噛まれるのにも慣れた。

しばらくしていると、彼女は跡をつけ終わって満足したのか、そのまま薬指を解放してくる——かと、思ったのだが。

今度は指を咥《くわ》えて、そのままゆっくりと舐めてくる。キスする時みたいな動きに、思わず背中がのけぞるのを感じた。いつもキスしている時はその舌遣いをじっくり感じている余裕なんてないけれど、指だと別で。

嫌でもその動きとか存在感を、強く感じ取ってしまう。

くすぐったくて、ぞわぞわして、嫌だった。痛いのよりもずっと、体が反応するのがわかる。小牧はこういうの、どこで覚えたんだろう。色んな人とキスしてきたから、自然に身についたのかもしれないけれど。

「梅園、くすぐったい」

「知らない」

「見られたらどうするの。あんなに、子供がいるのに」

「わかばが動かなければ、見つからないよ。だから大丈夫」

何も大丈夫ではない。

私は背中がぴくぴくするのを感じた。腰の位置が気になって、体を動かさずにはいられない。キスしている時と違って、水音があんまり聞こえないのが唯一の救いだったけれど、舐められていることは間違いなくて。

私は唇を噛んで耐えた。

小牧が満足するまで耐えていればいいだけだ。慣れている。変なことをされるのにも、それに耐えるのにも。

しかし。

背中からぞくぞくしたものが上ってくる。脳髄が痺《しび》れるみたいな感覚と、神経が指に集まっていくような感覚が交互にやってきて、変になりそうだった。耐えられそうにないくらいに。

「梅、園。やめ……」

やめろと言ってやめるなら、最初から苦労はしていないだろう。私は言葉を途中で切って、深呼吸をした。

小牧の存在をできる限り無視するよう努めて、公園で遊んでいる子供たちに目を向ける。

何日か前にも思ったけれど、やっぱり子供は邪気がなくていいと思う。小牧みたいに邪悪でわけのわからないことはしてこないだろうし。

私は少し、夏織《かおり》が恋しくなった。彼女みたいに裏表が一切なくて付き合いやすい友達を、今の私は何よりも欲している。あと四日は小牧に付き合わないといけないから駄目だけど、それが終わったら夏織を遊びに誘おう。

「よし、次は君が鬼ね！」

夏織のことを考えていたら、近くで遊んでいる子供の声まで、夏織の声に聞こえてきた。

小牧の息遣いを無視するために、無駄に耳を澄ませていたせいで、鼓膜が変になっているのかもしれない。

「えー。姉ちゃん年上なんだから、ずっと鬼やってよ！」

「それじゃ面白味《おもしろみ》がないでしょ！　いいからほら、大人しくやる！」

「しょうがないなー。一回だけだからね」

「……え。夏織？」

私はちらと声のする方に目を向けた。

「え？　あ、わかば……に、小牧さん！」

なぜか子供と遊んでいたらしい夏織は、ぱっと表情を明るくさせた。

おいおい、と思う。

私に気づいた時はそこまでテンションが上がっていなかったのに、小牧も一緒とわかった途端これだ。私は小さく息を吐いた。

「小牧さんも遊びに来てたんですね！」

「うん。今日はわかばとデート。夏織は？」

「私はまだ見ぬ美食を求めて……」

いつの間にか立ち上がっていた小牧が、夏織と話し始める。

私はポケットからティッシュを取り出して、小牧に舐められていた指を拭いた。別に舐められるのが楽しかったわけではないけれど、彼女の感触が消えると、にわかに不安になるのも確かで。

一体私は彼女にどうしてほしかったんだろう。そう思いながら、手を握ったり開いたりして、彼女の感触を確かめた。

「あ、君たちー！　私、用事ができちゃったから、あとは任せた！」

「えー！　無責任だー！」

「ごめんねー！」

夏織は子供たちに手を振って、私たちの方に駆け寄ってくる。

厳密には、私たちというより小牧に、だろうけど。

「小牧さんたちは学校帰りですか？」

「そんな感じかな」

にっこりと笑って、小牧は適当なことを言う。

学校に行く用事もないのに、小牧がわざわざ制服を着てこいなんて言ってきたんだよ。

よっぽど夏織にそう教えてやろうかと思ったけれど、そんなことをしたら後が怖いから
やめておく。

でも、本当に、どうして小牧はこの暑い日にブレザーまで着てデートをしようと思ったのだろう。そっちの方が学生感が出ていいと思っているのか、あるいは制服デートが彼女の理想なのか。

「……夏織はなんで子供と遊んでたの？」

「ん？　遊んでほしそうに見てきたから、お姉さんが一肌脱いでやろう！　って思って」

「……へー」

「なんですかかわかばさん。何か言いたそうですね」

「別にー？」

類は友を呼ぶとはこのことかもしれない。

私も数日前、小学生に声をかけられたけれど、もしかして夏織と私は精神レベル的なも

のが小学生と同等だったりするんだろうか。

　私はため息をついた。

　こんなところで夏織と出会うとは思っていなかったけれど、ちょっと助かる。午前中忙しく歩き回って、お昼も食べ終わったせいか、ひどく疲れが出てきていた。

　夏織が一緒にいれば、さすがの小牧もこれ以上変なことはしてこないだろう。こう疲れた状態だと、面倒臭くなって変なことも普通に受け入れてしまいそうな気がして嫌だ。

「……まあ、あれだね。ここで会ったのも何かの縁だし、夏織も一緒に遊ぶ？」

「え、いいの？　ほんとに？　やー……。どうしよっかなー？」

「行こっか梅園」

「ごめんなさい私も一緒に行きたいです」

「よろしい。梅園もいいよね？」

「……うん。私も夏織と一緒に遊びたいって思ってたから、ちょうどよかった」

　小牧はいつも通りの爽やかな笑みを浮かべながら言う。

　私からすれば、小牧のこんな笑顔なんて不自然極まりなくて気持ち悪いとしか思えないのだけど。

　でも、小牧のファンには、彼女の笑顔は天使のそれに見えるらしく。熱心なファンである夏織もまた、小牧の笑顔を見て、さっきよりも表情を明るくさせた。

夏織の明るさには際限がないらしい。長い間小牧の笑顔を見せ続けたら、そのうち蛍光灯よりも明るい顔になり始めるのではないだろうか。

「嬉しいです！　じゃあ、早速行きましょうか！　私、いい店知ってるんです！」

ずい、と夏織が小牧に迫る。

私は少し笑ってしまった。いつもは教師にすら敬語を使わない夏織が、小牧に対してだけ敬語を使う様子は、見ていておかしい。

でも、わかりやすくていいと思う。これくらい好意は包み隠さない方が、付き合っていて気持ちいいだろう。

実際小牧が夏織のことをどう思っているのかは、わからないけれど。こんなに純粋に慕ってくれている相手を見下していたら、ちょっと嫌だと思う。

わからない。小牧のことだから、何を思っていても不思議ではないだろう。

「楽しみ。どんな店なの？」

「えっとですねー……」

私は弁当箱をバッグに突っ込んで、小牧たちの少し後ろを歩いた。

彼女たちの距離は、近いようで遠い。並んで歩いてはいるけれど、手と手が触れ合うほどではなくて。

心理的距離と物理的距離が、ちゃんと一致している。

だからどちらの距離感も、きっと見誤ることはないんだと思う。

だけど、私と小牧は。心の距離はひどく遠いのに、物理的な距離ばかりが近づいて、ぶつかって、たまに繋がり合ったりもして。そんな調子だから心の方に矛盾とかバグが生まれて、距離感を摑めなくなっていく。

近づいたと思ったらそうでもなくて、遠いかと思ったら、やっぱり近いような気もして。心がおかしくなるくらいなら、意味ない触れ合いなんてしたくない。心と同じくらい物理的にも離れて、適切な距離感で彼女に接したいのに。

私は自分の左手を見た。

誓いの証《あかし》をはめるはずの指には、彼女につけられた跡がある。そこになんの意味があるか、なんて。そんなのはきっと、彼女にしかわからないのだろうけど。

心が回る。回って回って、視界までぐらりと回転して、平衡感覚が失われていく。

「あれ、わかばー。歩くの遅いよ、何してんの？」

夏織が私の方に駆け寄ってくる。私は曖昧に笑った。

「お昼食べたら急激に眠くなってきて」

「いかんよ君、そんなんじゃ。まだまだ若いんだから、もっと元気に行かないと」

「夏織はほんと、元気だよね。悩みとかなさそう」

「何を言うかね。私だって人並みに悩むよ」

「たとえば？」

「……明日の昼、何食べようかなーとか？」

「あはは、夏織っぽい」

「どういう意味だ」

夏織は私の右手を掴んで、さっさと歩き出す。

遠慮のなさは小牧と似たようなものだけど、小牧よりはやっぱり力加減とか、色々優しい気がする。

少なくとも、数秒後何されるかわからない、みたいな不安はないと思う。

「わかばだって悩みなんてないでしょ。お馬鹿なんだから」

「誰が馬鹿か。私の成績表、見せてあげようか？」

「いやいや。成績が良くても、私と気が合う時点で、ねえ？」

「自分で言っちゃうんだ……」

私はそれ以上何も言わず、夏織に手を引かれるままに小牧と肩を並べた。自然と、私が真ん中になる。

左手が、小牧の手の甲に触れた。

私が彼女の方に体を寄せたのか、彼女が私の方に体を寄せたのか。わからないけれど、いつもの私たちの距離に自然となってしまったのは確かだった。

なってしまったら、このまま手の甲同士を触れ合わせるというのもおかしい。夏織とは手を繋《つな》いでいるわけだし。

私は少し迷ってから、小牧の手を握った。私から手を握っても、小牧の手の感触が変わるわけではないけれど。でも、少しだけ、ほんの少しだけ満足だった。

「三人でおてて繋いで遊ぶのも、たまには悪くないかもね？」

「……そうだね」

こういう時の小牧の言葉は、九割九分嘘《うそ》だ。

だから別に、真に受けたりはしないけれど。

午後からはゆっくり遊べそうだな、と思う。私は両手を軽く握った。反応が返ってきたのは、右手だけだったけれど。

朝から遊んでいたのに、もうすっかり日が暮れていた。

結局あのあと、私たちは夏織に案内されてちょっと甘いものを食べて、ぶらりと施設の中を見て回った。

茉凛と三人で遊んだ時とはまた違って、雰囲気が軽やかで楽しかったけれど、疲れたのは確かだった。

夏織と途中で別れたあとに電車で少し寝て、最寄り駅近くで目覚める。まだ最寄り駅に着くには時間がかかりそうだからスマホでも見ようかと思って、腕を搦《から》め捕《と》られていることに気づく。

「梅園。梅園ってば」

枕が替わると眠れないことでお馴染《なじ》みの小牧ちゃんは、私の腕にぎゅっとしがみついて眠っていた。

小牧のこういうところを見るのは珍しいと思う。この前も、勝手に私を抱き枕にして眠ったりはしていたけれど。

外では完璧な態度を崩さない彼女が、こうも無防備に電車で眠ることとなんてあるんだ。この前テニスに行った時だって、帰りの電車で寝てはいなかったのに。

よっぽど疲れたのか、それとも、昨日あまり寝付けなかったのか。お出かけ前日に眠れなくなるほど、小牧は子供じゃないだろうけど。

さすがの私も、ちゃんと寝たし。

「梅園。小牧。小牧ちゃーん」

ゆすっても軽く肩を叩《たた》いてみても、起きる気配がない。

私はちらと電車内を見た。夏休みの電車にはそれなりに人がいる。小牧みたいに外で変なことをするつもりは毛頭なかったけれど、どっちにしてもこの人の多さじゃ、何もできない。

私は小さく息を吐いて、小牧の寝顔を眺めた。

前は苦しいくらい抱きしめられていたから、じっくり見ている余裕はなかった。でも、今は腕以外自由だから、見放題だ。無防備で、子供っぽくて……ちょっとだけ、可愛いかもしれない寝顔。

こういう顔は、昔と変わっていないのだろうか。

私は自由な方の手で、彼女の頰《ほお》を突《つつ》いた。指先から伝わってくる弾力はどうにも現実味がなくて、早く目を覚ませばいいのに、と思う。

そうしているうちに、最寄り駅の一駅前に着く。

普段、茉凛が降りている駅だ。

私はふと思い立って、抱きしめられている腕を引っ張った。

「梅園、駅着いた。早く降りないと」

「……ん、ぅ」

熟睡していても、駅に着いたら起きるのは人体の不思議だと思う。私は彼女に腕を取られたまま、電車から出た。

夜になっても、夏っぽさはまだ残っている。ブレザーを着ていると少し汗ばんで、早く家に帰って脱ぎたいってなる。

でも、ブレザーを脱いだら今日は終わりだ。だから、ってわけじゃないけれど。

「……ここ、最寄りじゃない。何間違えてるの」

「あはは、ごめんごめん。疲れが出たのかも。……せっかくだし、歩いて帰ろうよ」

「疲れてるなら、次の電車待てばいいでしょ」

「まだデートは終わってないんだから、ちょっとくらい付き合ってくれてもいいじゃん」

まだ一日を終わらせたくないとか、小牧と一緒に歩きたいとか。

そういうのではない。ただ、ちょっとした悪戯《いたずら》心というか、普段と違うことがしたかったというか。

「……デートなんて、もう終わってる」

「じゃあ、別々に帰る？　梅園は電車で帰っていいよ。私、歩いて帰るから」

「……それは、駄目」

強く腕を引き寄せられる。

眠っていた時よりも遠慮がないけれど、でもそのおかげで、目の前にいる小牧はちゃんと現実だってわかった。

蜃気楼《しんきろう》のように消えたりなんかしない、はず。……わからないけど。

「わかばのお母さんに、今日はわかばとデートだって言ったから。……わかばに何かあったら、私の責任になる」

いつの間に。

道理で今朝家を出る時、小牧ちゃんによろしく、なんて言われたわけだ。てっきりお母さんが読心術にでも目覚めたのかと思った。

もし本当にそうだったら、私たち二人の関係も見抜かれて、大変なことになっていただろうけど。

「何もないよ。私だってもう、子供じゃないんだから」

「前は自分のこと、子供だって言ってたくせに」

「よく覚えてるね。……で、結局梅園は私と一緒に歩いて帰るの？」

「歩く。仕方ないから」

仕方ないことなんてないと思う。

私の全ては小牧に委ねられているのだから、強制的に黙らせることだってできるはずだ。それをしないのは彼女の気まぐれなのか、それとも。

私は小牧と一緒に歩き始めた。見慣れないホームを出ると、いつもと違う夜の景色が広がっている。

「今日は楽しかったよ、デート」

「……嘘つかないで。全然、楽しくなさそうだった」

小牧は心なしか、いつもより不機嫌そうな表情で言う。

彼女なりに、私を楽しませようとしてくれたんだろうか。小牧は私のことが嫌いだってわかっているし、素直に喜ぶことはできないけれど。

　未来の私への嫌がらせのためのデートなのだから、喜ぶのもおかしい。

「夏織が来てからの方が、楽しそうだった」

「そりゃあ、まあ。夏織は友達なわけだし」

「……わかばのせいで、予定が狂った」

「え。私、そんな変なことしたっけ」

「夏織のこと、誘ったでしょ」

「いや、あの状況で誘わないとかなくない？　夏織のこと、嫌いなの？」

「……別に、そういうわけじゃないけど」

　小牧はそっぽを向く。

　予定。予定かぁ。

　午前中あんなに色んなところを回ったのに、午後も過密スケジュールで店を回るつもりだったのだろうか。だとしたら、夏織を誘って正解だったってことになるんだけど。

「予定って、具体的には？　三人じゃできないようなこと？」

「別に」

　これじゃ朝に逆戻りだ。

　別にばかりじゃ会話が成り立たないというのに。

私は小さく息を吐いて、夜の街を歩く。こんなに不機嫌そうな顔をしている割には、彼女は私の手を離すつもりがないようだった。

小牧は今日を、どんな一日にしたかったんだろう。私を楽しませるために予定を考えて、でも、弁当には私の嫌いなものを詰め込んで。結局美味しかったからいいんだけど、やっていることが矛盾している気がする。

やっぱり、小牧のことはわからない。

考えていることとか、したいこととか。ある程度はわかっているつもりでいたけれど、本当は何もわかっていないのかもしれない。

だから知りたいし、教えてほしい。本当の感情を、嘘じゃない彼女の心を。

「……梅園の方が、もっと楽しくなさそうだったよ」

ぽつりと言う。小牧は立ち止まった。

「別に、いいでしょ。今日のデートは、わかばの理想のデートなんだから」

「昨日、言ったじゃん。一緒に楽しむために考えてくれたデートが理想って。今日の、梅園が楽しむことちゃんと考えた？」

「……それは、無理。わかばと一緒にいるのに、楽しむとか。できるわけないでしょ」

「じゃあ、一生理想のデートはできないね」

私は小牧の本当の笑顔が見たい。

でも、彼女が私の前では笑えないのなら、私の願いは一生叶《かな》わないのかもしれない。いや、もし小牧が本当に好きな相手に心から笑いかけているのを偶然目撃できたら、願いは叶ったと言えるのかもしれないけれど。

それで満足できるかと聞かれたら、よくわからなくて。

私は、私に向けられた本当を見たいのかもしれない。嘘偽りのない感情が、私に向くことを望んでいるのかもしれない。

だけど、じゃあ。

小牧がどんな「本当」を向けてくれたら、私は満足できるのだろう。

「……理想ではないけど、楽しかったのは本当だからね」

「……何それ。具体的には、どこが」

私が投げた具体的という言葉が、跳ね返ってくる。

私は少し考えてから、にこりと笑った。

「全部……かな？」

「嘘つき」

「本当だよ。そりゃまあ、最初はつまらないし最悪だなーって思ったけど。でも、うん。なんか、私たちって感じで。他の誰ともできないようなデートだったから、満足」

自分の言葉が、どこか遠く聞こえた。

小牧としかできない、つまらないけれど楽しいデート。それは私たちの関係そのもので、矛盾する私の心をそっくり映し出しているのかもしれない。

目に見える楽しさだとか、心地良さだとか。そういうのは、よくわからないけれど。

小牧の隣で、あれこれ言ったり言われたりするのは、悪くないかもしれないと思っている自分がいる。

小牧が完璧じゃなくても、友達になっていた。昔の私が言ったであろうそんなセリフは、こういうところから来ているのかもしれない。

錯覚かもだけど。

「わけ、わからないから。私は満足してない」

小牧は小さく言って、そのまま私から手を離す。かと思えば、さっさと歩き出してしまった。

暑いから、手なんて繋がない方がいいんだけど。

私の中で、まだデートは終わっていない。デートすると決めたなら、最後までちゃんとやり遂げてほしい。

「ちょっと、待ってよ！」

私は早足で歩く彼女の背中を追った。小走りにならないと埋まらない差が遠くて、喉の奥がつんと痛む。どうしてこう、小牧という人間はいつもいつも。

彼女には短いと馬鹿にされるであろう脚を必死に動かしていると、不意に夜空が見えた。

今日は満月だ。

星はまばらに散るばかりで、そんなに綺麗ってわけじゃないけれど。朝からこんな時間になるまで、なんだかんだ小牧と一緒にいると考えたら少し、おかしかった。

「……梅園！」

私は立ち止まって、彼女の背中に声をかけた。彼女はぴたりと止まって、私の方を向いた。

「上、見てみてよ。今日、月が綺麗だよ」

「し……らない」

「いやいや。知る知らないじゃなくて。見ればわかるから」

「こんな地上で見ても、大したことないでしょ」

「地上て。梅園って、もしかして自分が空飛べると思ってる？」

「……別に」

不可解な言葉に首を傾《かし》げてから、ふと思い出す。そういえば、今日行った施設には、展望台があったっけ。

もしかして。

「……展望台で夜景でも見る予定だった？」

小牧は答えない。

私は、笑った。

「そっかそっか。それはちょっと、悪いことしたかも。そういうのは三人じゃ、雰囲気ないもんね」

「……勝手なこと言わないで、わかば」

彼女は私の方に近づいてくる。その顔は、私に文句を言いたくて仕方ないですって感じだ。

近づいたり、離れたり。私たちは忙しいと思う。でも、その忙しさに何かを見出《みいだ》してしまうから、私はどうかしているのだ。

近づいてきた小牧の左手をそっと摑んで、私は彼女に笑いかけた。

「つーかまえた」

小牧は呆《あき》れたように眉を顰めた。

「何それ」

「言葉通り。まんまと罠《わな》にハマったね、梅園」

彼女の左手を、じっと見つめる。

私の左手と違って、彼女の薬指はまっさらだ。傷なんて一切ついていなくて、日焼けもしていない。白くて滑らかで、なんだかムカついて噛みついてやりたくなる。

私はその手をゆっくりと自分の口元に運んだ。

もし、ここで私が薬指を噛《か》んだら。小牧はどんな顔をするんだろうか。いつも通り不機嫌そうな顔をするのか、それとも。

ちょっと考えて、やめる。

痛いのは、違う。小牧からされるのならともかく、私からするのは嫌だ。小牧に痛い思いをさせるのも、痛そうな顔をさせるのも嫌だ。彼女のそういう顔は、見たくない。だから私は、彼女に私と同じ傷をつけてやりたいという心の微かな声を無視して、薬指の根元にキスをした。

私は、小牧とは違う。

嫌いな相手でも傷つけようとは思わない。忘れられない記憶を刻み込んで、嫌な思いをさせようとかそういうのも、ない。

むしろ、私のことなんて忘れればいいと思っている。

私の知らないところで知らない人を好きになって、知らない友達と遊べばいい。そうすれば私だって、小牧にちょっかいをかけられずに済む。

だけど。

そう思いながら私は、彼女の薬指を軽く唇で挟んだ。跡なんて残せなくて、小牧みたいに色んな感情をぶつけるなんてできなくて。

それでも何かを、彼女に刻みつけるように。

「わかば」

わかばという名前には、どこか毒がある気がする。

もし小牧が私のことを吉沢《よしざわ》と呼んでいたら。こんな気分にはきっと、なっていなかったはずだ。

私は彼女の手の甲に、何度も口づけをした。

回る。現実が回って、ぐちゃぐちゃになって、弾けて消えてしまいそうで。

「……わかば」

どっちなんだろう。

名前だけじゃ、わからない。やめてほしいのか、やめなくてもいいのか。やめなくてもいいなら、もっと、もっと。

もっと、なんなんだ。

これ以上できることなんて何もないのに。

私は止められたいのか、止められたくないのか。わからないなら、自分から止めるしかない。

私は自分の唇を強く噛んで、彼女の手を解放した。

「デートの終わりは、キス締めだから」

言い訳のように言って、私は彼女の一歩前に歩いた。

「ほら、帰ろ。今度は手、離しちゃやだよ」

「……ん」

私はもう一度、彼女と手を繋《つな》いだ。

彼女の右手には、なんの変化もない。

だけど、少しだけ、繋いだ手がさっきよりも温かい気がした。

3 触れ合っても触れ合えないもの

「わかば。いつまで見てるの」

「んー。もうちょっと。もうちょっとだけ……」

「さっきもそう言ってた。もう十五分も経《た》ってるんだけど」

「細かいよ。わざわざ計ってるの？」

「計らなきゃ、いつまでもそうしてるでしょ」

小牧《こまき》は退屈になってきたのか、私の背中を指でなぞってくる。

何か文字を書いているみたいだけど、やめてほしい。くすぐったくて見るのに集中できなくなるから。

「こういうのは一期一会なの。ほんとにあとちょっとだから、待ってて」

「……はぁ。いいけど」

小牧はそう言って、止めや跳ねをやたら強調して私の背中に文字を書いていく。私は背中がむずむずするのを感じながら、棚に置かれたぬいぐるみを吟味した。

　せっかく時間をかけてここまでやってきたのだから、何かしらここにしかないぬいぐるみを買いたいと思う。でも、結局水族館のお土産コーナーに置いてあるぬいぐるみは、どこも似たような種類な気も。

　うーん。

　私はぶらぶらお土産コーナーの中を歩いて、イルカの抱き枕を持ち上げてみた。

「それ、絶対持ち帰れないでしょ」

「む。ちょっと持つくらいいいじゃん」

「買う気ないものを持ったり触ったりするのは、お店に迷惑だよ」

　確かに。

　私は仕方なく、抱き枕を棚に戻した。

「小さいのにしときなよ。大きいのは持って帰るのも大変だし、洗うのも大変だから」

「梅園《うめぞの》はぬいぐるみ飾ったりするの？」

「……別に」

「だよね」

　昔私と一緒に取ったぬいぐるみは、もう捨てていたし。前に部屋に行った時だって、飾り気はほとんどなかった。そもそも小牧は、ぬいぐるみを飾るなんて感じじゃない。そういう趣味はないいんだろう。

そもそもの趣味自体がないんだろうけど。

「じゃあ、これにする」

私は小さなイルカのぬいぐるみを手に取った。小牧はお菓子やら何やらが入っているかごにそれを突っ込んで、そのまま会計に向かっていく。

「さっさと買って、他行くよ。時間もないし」

「はいはい」

友達に渡す用のお菓子は、小牧と一緒に選んだ。

小牧が選んで買ったお菓子なんて、夏織《かおり》はきっと二重の意味で喜ぶだろう。そういうのを想像すると、ちょっと楽しい。

でも、同時に一抹の不安がよぎる。

この前は偶然夏織と遭遇したけれど、多分今日は誰とも遭遇しないだろう。それくらい家からも学校からも離れている。

となると、今日は正真正銘小牧と二人きりで一日を過ごさなければならないわけで。

一昨日と違って、理想のデートが云々《うんぬん》という話はないが、今日も小牧に誘われたのは確かである。これも祭りよりもいいものを教える一環なんだろうけれど、わざわざ一時間以上かけて海辺の水族館に来なくてもいいのに、と思う。

家から近い場所にだって水族館はあるのに。

よっぽど広い水族館で、色んな魚を見たかったんだろうか。

なんか、妙に忙しそうだし。

「会計、済ませてきた。出るよ」

「え。全部でいくらだった？　私も払わないと」

「そういうの、いい。面倒臭いから」

恐るべき発言である。

小牧は私と同じ庶民の割には、お金に無頓着な気がする。やっぱり何かとお金を得る機会が多いからなんだろうか。

だとしても。

「こういうのは、きっちりしないとじゃない？　悪いし……」

「……わかばは誰のもの？」

小牧は魔法の言葉を口にした。言葉に詰まる。

「そう。私のものだよ」

まだ何も言っておりませんが。私は眉を顰めた。

「だから、ぶつくさ言ってる暇があるならさっさと歩いて。もう午後なんだから」

「……ありがと」

「別に」

小牧はレジ袋ごと大きなバッグに突っ込んで、そのまま早足で土産屋を後にする。

会った時から思っていたけれど、バッグ大きすぎない？

まるで旅行用のバッグだ。小牧の持ち物にしては無骨すぎるし、何より重そうである。お土産を入れる用なのかもしれないけれど、それにしたってだと思う。

「わかば。早くして」

「……はいはい」

バッグについて言及している余裕はなさそうだ。あの中に私を殴るためのバットとかを入れてたりしたら怖いけれど、さすがの小牧もそこまではいくまい。不吉ではあるけど。

私は一つ息を吐いて、彼女の背中を追った。今日も忙しい一日になりそうだ。別に、いいけれど。


水族館に来るのはいつぶりだろう。

以前は家族でよく来ていた気もするけれど、あまりよく思い出せない。そもそも家族でのお出かけ自体、中学生になってから減ったし。昔は小牧の家族も合わせて一緒に遊びに行くこともあったっけ。

今じゃこうして二人で遠出するようになったのだ。そう考えると、私たちも、もう結構大人なのかもしれない。

親がいなくても、どこにでも自由に行ける。小牧も、私も。

だけど、自由なはずの私たちは、わざわざ嫌いな相手と一日を共に過ごそうとしている。

自由なのか不自由なのか、段々わからなくなってきそうだ。

「クラゲって、わかばに似てるよね」

「綺麗《きれい》ってこと？」

「中身がないってこと」

「おいこら」

こんな綺麗な空間で何を言ってきているのか。

数々の水槽の中でクラゲが浮かんでいる光景は、見ているだけで癒《いや》されるけれど。癒された分だけ小牧から毒が飛んできて、結局プラマイゼロである。

どうやら綺麗な光景を見ても、小牧が浄化されることはないらしい。

「こんな綺麗な生き物を前にして、そんなこと言うの梅園くらいだよ。もっと純粋に水族館を楽しんだら？」

「楽しんでるよ。とっても」

小牧はにこり、と笑う。

青い光に照らされた彼女の顔はいつも通り嫌になるくらい綺麗で、私は思わずため息をついた。

「私の悪口言うのが純粋な楽しみ方なの？　歪《ゆが》みすぎ。最低。シャチにでも食べられればいいのに」

「残念。ここにシャチはいないよ」

「じゃあ、イルカ」

「そんな凶暴なイルカもいない」

本来二人きりで水族館に遊びに来るというシチュエーションは、もっとときめくもののはずだと思うんだけど。とはいえ、小牧と二人きりの状態で、ときめきなんていう甘酸っぱいものを期待するのはあまりに愚かだとわかっている。

安らぎ。ときめき。ドキドキ。

愚かな私は小牧が隣にいるということも忘れて、あるいはわかっていながら、そういったものを求めてしまっている気がする。

二人で来ているのだから、せっかくだし楽しみたいと思うのは人情というやつだ。たとえ私たちが友達でもなんでもなくて、互いを嫌い合っているだけの幼《おさな》馴染《なじみ》なのだとしても。

私はゆっくり歩きながら、ぷかぷか浮かぶクラゲを目で追った。

海の月とも書くだけあって、綺麗だと思う。周りの人たちも少しだけ会話を忘れて、浮かぶクラゲを興味深そうに眺めていた。

ちらと、隣に目を向ける。

小牧と目が合った。

「……何？」

「それはこっちのセリフだけど。なんでこっち見てるの。クラゲの方見なよ」

「クラゲより、クラゲを馬鹿みたいな顔で見てるわかばの方が面白いから」

舐めとんのか。

水族館に来てまで私の顔なんか見てどうするのか。そんなに馬鹿みたいな顔が見たいなら、夏休み中に何度だって見せてやるとも。

だけど、今は。

「水族館誘ったの、梅園なのに。ほんと、最低」

お出かけって、こういうのじゃないと思う。

出かけた場所の何が美味《おい》しいとか、どこが綺麗とか、そういうのを共有するのが醍醐味《だいごみ》なのに。

何かを言えば否定の言葉が返ってくるし、せっかくの水族館を楽しもうとしないし、これじゃ全くもって来た意味がない。

こうなったら、仕方ない。

意地でも楽しいお出かけの雰囲気を作るしかないだろう。小牧を楽しませる義務なんて一切ないけれど、少しは楽しんでもらえないとなんのために一緒に来たんだかわからなくなる。

私は小牧の手を引いて歩き出した。小牧は訝《いぶか》るように私を見てきたけれど、手を振り払ってくる気配はない。だから私はそのまま彼女の手を引っ張って、巨大なプールがある場所まで歩いた。

ショーをやっているプールの周りには、数えきれないくらいの人がいる。

私はそのまま小牧と一緒にデッキに立った。

「梅園。ほら、イルカ。可愛いね」

「別に。イルカより可愛い生き物なんて、いくらでもいるでしょ」

そういう問題じゃなかろうに。

「そんなのわかってるけど。今この場所で一番可愛い動物は、イルカでしょ」

「違うと思うけど」

彼女は無表情で言う。

その瞳は、飛び跳ねるイルカを無感動に見下ろしていた。

戦慄する。イルカをこんなに無の表情で見られる人間が、この世に存在しているとは思わなかった。

あんなに可愛いのに。小牧は可愛いと感じるセンサーが壊れているんじゃないかと思う。

そもそも、本気で何かを可愛いと思ったことってあるんだろうか。デートの時に私に可愛いなんて言ってきたりはしたけど、あれは嘘《うそ》だし。

小牧が本気で、何かを可愛いと言っているのを見たい。

それはもう、半ば意地みたいなものだけど。

「じゃあ、なんなの。イルカ以上に可愛いの、ここにいるなら教えてよ」

「わかば」

無感動な瞳が、私を映す。

ばしゃん、と盛大な水音が響いて、人々の感嘆の声が続いた。

「わかばが、この場所で一番可愛い。……って言ったら、どうする？」

「……は」

言葉に詰まる。

完全に、予想外の言葉だった。死角からバットで殴られたら、こんな心地がするのかもしれない。

私が固まっていると、小牧が私との距離を詰めてくる。

塩素の匂いに混ざって、花みたいな匂いがした。気付けば私は、彼女に両手を握られていた。

自然と視線が上に向いて、私を見下ろす瞳と視線が交差する。

「馬鹿みたいな顔。そういうところ、嫌いじゃないよ」

彼女の言葉が耳の上を滑って、消えていく。

可愛いなんて、小牧に言われたって嬉《うれ》しくない。

嘘だってわかっているし、数秒後には実際に「嘘だよ」とでも言って、また私のことを馬鹿にしてくるのだとわかっている。だから、喜んだりなんてしない。たとえ、前よりもずっと、その言葉に強い感情がこもっているように感じられたとしても。

「もっと、可愛い顔見せて。そのために、ここに来たんだから」

可愛い顔って、一体どんな顔なんだろう。

彼女が言う、馬鹿みたいな顔って？

今の私は、どういう顔をしているんだ。わからないから、下手に表情を動かすことができない。

温かな指先が、私の頰《ほお》に触れる。

風が遠い。

塩素と潮の混ざったような匂いも、私を現実に戻してくれそうになかった。この世ならざるものにも思える、花みたいな匂いが私に染みついて、私を現実から切り離そうとしてくる。

小牧は不器用だけど、器用だ。

悲しみとか不安とかを隠すのが絶望的に下手くそなくせに、思ってもいないことを平気で言えたり、楽しくもないのに笑えたりする。だから表層に見える彼女の感情に惑わされちゃ駄目だって、わかっているのだ。

そう、わかってはいる。だというのに。

「ほら、わかば」

全部嘘だ、と思う。

何もかも全部、全部。小牧の言葉は嘘で、信用できない。突き放すべきだと思う。その手を振り払って、肩でも押してやれば、そこで終わりだ。

そうすれば、いつも通りの私たちが帰ってくる。

でも。

「……わかば？」

私はぎゅっと、小牧を抱きしめた。

単にこれ以上小牧に顔を見せたくなかっただけなのか、それとも。わからないけれど、私が彼女を抱きしめてしまったことは事実で、もう取り消しようがない。

どうせ、傍《はた》から見たら私たちはなんでもない友達か、姉妹か何かにしか見えないのだ。恋人同士のそういうのだとは思われないだろう。

なら、いい。

これくらい、どうってことない。

私は小牧に尻餅をつかせる勢いで、彼女の方に体重をかけた。その程度でよろける小牧は小牧じゃなくて、地面に根っこが生えているみたいに一歩も動かない。だけじゃなくて。

小牧は私を抱きしめ返してきた。誰もがイルカに釘付《くぎづ》けになっている中で、私たちだけが、水族館でしなくてもいいことをしている。本当に、馬鹿みたいに。

「嫌い。梅園なんか、嫌い」

言葉がちゃんと、言葉として口から出たのかもわからない。

ただ、小牧がそれ以上何も言わず、嫌がらせをしてくることもなく、私を抱きしめてきたことだけは事実として残る。

イルカショーが終わるのに合わせて、ゆっくりと体を離す。

癒着でもしているのではないかと思ったけれど、存外離れる時は一瞬だった。あれだけ感じていた彼女の匂いも、熱も、数秒もすれば薄れて消えていく。

小牧に対する感情とか、思い出とか、同じように消えてくれればいいのに、と思う。

でも、それが薄れず残ることを望む自分もいて。

私は胸を手で軽く押さえた。馬鹿みたいな考えは、そっと胸の奥に沈めておいた方がいい。

「……イルカ、梅園のせいで見損ねた」

「いきなり抱きついてきたのは、わかばでしょ」

「変なこと言ってきたのは梅園だし。それに、抱きしめたわけじゃなくて転ばせようとしただけだから」

「ふーん。それにしては弱すぎて、何も感じなかったけどね」

「うるさいし」

私はそう言ってから、自分の掌《てのひら》を眺めた。

小牧の熱は、もうない。服越しに感じた彼女の感触とかも、もう思い出せそうにない。途端に現実味が薄れていくのを感じる。私は手を軽く握った。

「……私がクラゲなら、梅園はイルカかもね」

「なんで？」

「イルカって、意味もなくいじめとかするらしいし」

よく人に褒められていて、キラキラしているようにも見えるけれど、実際は恐ろしいところもある。

そう考えると、小牧はイルカによく似ているのではないだろうか。

私は普段の小牧のことを、可愛いなんて思ったことはないけれど。寝顔が可愛いのは、どんな動物だってそうだろうし。ハダカデバネズミとかも、寝顔は可愛いに違いない。

「知性がある分、プランクトンよりはマシだと思うけどね」

「……クラゲってプランクトンなの？」

「仲間でしょ」

「へー……」

初めて知った。さすが天才様は色々なことを知っているな。

ではなくてですね。

単細胞とかプランクトンとか、小牧は一体私のことをなんだと思っているのか。これでも一応、色々考えて生きているのだが。

夏織もそうだけど、私は割と知り合い皆から馬鹿だと思われてたり？

否定はできない。今度茉凛《まつり》にも聞いてみた方がいいかもしれない。彼女は優しいから、もし馬鹿だと思っていたとしても口にすることはないだろうけど。

……帰りたくなってきた。まだ夏休みが始まってからちょっとしか経《た》っていないのに、もう茉凛の顔が見たくなっている。

彼女の笑顔には、私を癒《いや》し、安心させてくれる効果がある。私は中学生の頃から、彼女に癒されてばかりだ。

「他、行こう。まだ見てない魚、たくさんいるから」

どうせちゃんと見ないくせに。何を急いでいるのかはわからないけれど、もっと水族館を楽しんでほしい。本当に。

今日はデートってわけじゃないのだ。そんなに急がずとも、自分のペースで楽しめば良かろうに。

そう思うけれど、でも、これ以上余計なことはしない。

私は勝負に負けたのだ。イルカショーを楽しいと思わない人間なんていないと思って彼女を連れてきたけれど、結局楽しませることはできなかった。

そもそも降水確率の0％と違って、彼女が私の前で楽しそうにする確率は確実に0％だろう。私と一緒じゃ楽しくないと、自分で言っていたし。

楽しませられたら勝ち、とか口にしなくて良かったと思う。これが正式な勝負だったら、今頃私は小牧にキスでもされていたところだ。人目も憚《はばか》らずキスしてくるかもしれないという恐ろしさが、彼女にはある。

私は思わずため息をついた。

水族館の楽しみ方は人それぞれだ。でも、どうやら小牧は進化の過程で水生生物に対する愛着とかそういうものを完全に忘れ去ってしまったらしい。

アーチ型の水槽でイルカが泳いでいるところなんて、楽しまなきゃ嘘だってくらい見ていて面白いのに。小牧は感情の一切をどこかに置き去りにしてしまったみたいに無表情でイルカを眺めては、つまらなそうに写真を撮っていた。

つまらなそうでも、一応今日の思い出を写真に収めるつもりはあるんだな、と思う。

だからどうしたって話だけど。

一通り生き物を見て回った私たちは、もう一度館内をぐるりと回り始めた。

これで午前と合わせて三回目だ。それでも館内は広いから、何度回っても新たな驚きがある気がする。泳いでいる魚たちも生きているから、さっきと同じ光景にはならないし。

でも、それは。

魚だけじゃなくて、小牧も同じかもしれない。さっきここに来ていた小牧と、今ここにいる小牧はまた別だ。表情は同じように見えても、きっと心の中身は違うと思う。私はその、変化した心の中を知りたい。

「知ってる？　ペンギンって――」

「脚が折り畳まれてるみたいで、骨格が面白いんでしょ。知ってる」

なんで私が言おうとしていることがわかったんだろう、と思う。

小牧はにこりと笑った。

「単純なわかばが言おうとしてることなんて、わからない方がどうかしてるでしょ」

「はいはいそうですか」

ムカつく。

考えていることがわかるのは結構だけど、黙って聞いてくれてもいいじゃないかと思う。

小牧は会話の楽しみ方を忘れているのだろうか。

に。

いや、まあ。

私との会話を楽しむつもりが、そもそもないんだろうけど。水族館に罪はないけれど、嫌いになりそうだ。今後誰かとデートする機会があっても、水族館は避けたいってくらいに。

「じゃあ、クイズでもしようか」

「は？」

私は移動しながら言う。ペンギンが遠ざかって、今度は巨大な水槽へ。

魚を見ているのは私なのに、巨大な水槽に見下ろされているような気がするのは、私の身長が低いせいなのだろうか。

私はちらと小牧を見た。彼女はくだらないとでも言いたげに、水槽を見上げている。

小牧にも、見上げるものがあるんだな、と思う。そんなの当たり前なのに、私は彼女が何かを見上げているところを初めて見た気がした。

以前は私の方が背が高かったのだから、見上げられていたはずだけど。

「私は今何を考えているでしょう」

「何それ」

「私の言おうとしてることがわかるなら、考えてることもわかるでしょ。言い当ててみてよ」

私は小牧の言いたいことも、今考えていることもわからない。

もしかすると、自分が考えていることすら、本当はわかっていないのかもしれない。いつも感じている胸のもやもやだとか、痛みだとか、その理由も。

わかるなら教えてほしい。

小牧は私のことが見えないと言うけれど、私よりはよっぽどちゃんと見えているのではないだろうか。

「わかば、は」

可憐《かれん》な唇が小さく開く。

私は彼女の一挙一動に注目した。

「わかばは。……お腹《なか》が、空《す》いてる」

「……うん？」

「何か食べたいとか、思ってるんでしょ。さっきから物欲しそうな目で魚見てるし」

予想外の言葉だ。小牧には私が食いしん坊に見えているらしい。

私は、笑った。

「正解！　もう夕方だし、お腹空いてきちゃったね。帰る前に、何か食べよう」

不正解。

でも、正解は私も知らない。

私のことを見抜いてほしい。知ってほしい。教えてほしい。そういうのは、小牧に求めることじゃない。だけど、小牧にしか求められないとも思う。わからないけど。

私は微笑《ほほえ》んでみせた。

「あ、メロンのお菓子とか出す店ないかな。まだ一応旬って言えないこともないよね、メロン」

「知らない」

「クラゲとペンギンについては詳しいのに。今度、メロン雑学についても調べてみてよ」

「無理。そんなの、わかばが自分で勝手に調べればいいでしょ」

「私は梅園の口から聞きたいんだけどなー。会話は大事だよ。友情を育むにも、愛情を育てるのにもね」

「……ふーん」

話すだけで、全部わかったらいいのに。

表面的な会話だけじゃ、小牧の本当の感情なんてわかるわけがない。でも、踏み込んだらたちまち、色んなものが壊れてしまいそうで。

彼女の心に足を踏み入れるには、あまりにも距離が遠すぎる気もして。

だけど、知りたい。私は小牧の本当の感情が、笑顔が見たい。その、理由は。考えたらわかるんだろうか。それを知ったら、きっと良くないことになると思うけれど。

「わかば」

うろうろしながら水槽を眺めていると、小牧に手を掴《つか》まれた。

「わかばの、好きな魚は」

意外な質問だ。

わざわざ私を捕まえてする質問じゃない気がするけれど。でも、会話が大事と言ったのは私だ。

小牧と会話して、育つものはなんだろうと思う。そんなもの、あるんだろうか。友情とか、愛情とか。一欠片《ひとかけら》もないものは、育てようがない。

「食べる方は、大体なんでも好き。見る方は……イルカとアザラシかな。可愛いし」

「それ、どっちも哺乳類でしょ」

「細かいことはいいじゃん。海にいれば皆魚みたいなものだよ。……で、梅園は？」

「私は、別に」

あまりにも予想通りすぎる言葉に、私は思わず笑った。

こういう時に何を言うかはちゃんとわかるのに。

「あはは、言うと思った。梅園はあれだね。デートの時会話が続かなすぎて、振られるタイプだ」

「そういうわかばは、喋《しゃべ》りすぎて引かれるタイプ」

「かもね」

私はくすくす笑いながら、彼女の手を引いた。

実際、どうなんだろう。小牧はともかく、私は。誰かとデートしたとして、いい感じの雰囲気になるとか、あるんだろうか。

ちゃんとしたデートはしたことがないからわからない。気になる相手とか、好きな相手とのデートというのはどんな感じだろう。

小牧に聞いても、きっとわからないだろうが。

「引かれるタイプらしく、今日は存分に引かれようかな」

「引かれるっていうか引いてるけどね、今は」

「うまいこと言うね。確かにその通りだ」

私は小牧の手を引いたまま歩く。

こうして小牧の手を引けるのは、いつまでなんだろう。私が勝負に勝ったらもう、小牧とは関わらなくなる。

手を引いた時の感触とか、微かな抵抗とか。そういう細かいものは、いつかきっと薄れていく。忘れられない記憶だけを心に残して。

別に、惜しいわけではない。小牧とまだ一緒にいたいとか、そういうのもきっとない。人の尊厳を踏みにじってくる相手と一緒にいたいと願うほど、私の頭はどうかしていないはずだ。……はずなんだけど。

「イルカ、もう一回見に行こう。今度は見た感想、教えてもらおっかな」

「そんなにイルカ好きなんだ」

「そりゃもう。この世で五番目くらいに好きかな」

「順位、微妙じゃない？　一番は？」

「さあね」

一番好きなものなんて、知らない。

私の一番はすぐに変わってしまうから、信用ならない。

だから私は、曖昧に笑った。小牧はそれ以上何も聞いてくることなく、私に手を引かれるままにイルカコーナーまで歩く。

こういう時は抵抗しないいんだ。やっぱり小牧は、遠い。

私はまたイルカを眺めてから、無感動な小牧の顔を見つめた。気付かれないように、そっと。

水槽から降り注ぐ光に照らされた彼女の瞳は、海のように深く、静かだった。

だから何があるってわけじゃない。瞳の奥に隠された感情を暴きたいと思うのは、今に始まったことでもなくて。彼女の本当を知りたいと願っても、それを知るのは難しいから。

だから私は、何も言わずに彼女の手を握った。その感触を確かめるように。

彼女の感触を覚えて、どうするんだろうと思う。いつか懐かしんで、感傷に浸るため？　それとも。

私はそれから彼女と二、三会話を交わしてから外に出た。来たときはまだ昼前だったのに、もう日が傾き始めている。

少しぶらぶら歩いていると、建物の中にガチャガチャが置かれているコーナーがあるのが見えた。

「こういうのって、無性に回したくなるよね」

「そうかもね」

小牧は退屈そうに言う。私は彼女から手を離して、建物の中を回った。

多分、ガチャガチャを回したら、それで一日は終わりになるだろう。そろそろ帰らないと、家に着くのが遅くなってしまうし。

明日もどうせ小牧が何かしてくると考えると、早く帰って眠りたくなる。なんだかんだ、今日も一日中小牧と一緒にいたから、疲れた。

これが他の友達だったらな、と少し思う。でも、この疲労感に心地良さを感じている自分もいて。

これはこれでよかったかも。……なんて。

「せっかくだし、どれか回そっか」

「わかばの好きにすれば。私は、見てる」

「……そっか」

今の私が小牧に期待することなんて、何もない。ない、と思う。

私は小さく息を吐いてから、バッグから財布を取り出した。

「ちょっと疲れたけど、今日は悪くなかったよ」

「楽しかったとは言わないんだ」

楽しかったって言ったら、突っかかってくるじゃん。

そう思ったけど、言わない。

それに、胸を張って楽しかったと言えるかどうかも、今日はわからないし。デートをした時もそうだったけど、色々バタバタしすぎだと思う。

悪くはない。悪くはないけど。

「……別に、いいけど」

「そ。……帰りの電車、混んでないといいね。今日はちょっと疲れたから、前みたいにちゃんと座れるといいけど」

「帰れると思ってるんだ」

小牧は小さな声で、ぽつりと言う。私は首を傾《かし》げた。

もしかして、電車が止まっているとか遅延しているとか？

いや、そうだとしても小牧がこんな言い方をするってことは。

「帰れるでしょ。梅園は現代日本をなんだと思ってるの」

「……勝負」

小牧はそう言って、私の隣にしゃがみ込んだ。

「帰りたいなら、私と勝負して。私が勝ったら、今日わかばは家に帰れないから」

「いやいやいや。何それ、どういうこと？」

「しないならいいよ。強制的に連れて行くから」

「ちょっ……」

小牧は有無を言わさない口調で、私の腕を掴んでくる。

本気だ。本気で小牧は、私を家に帰さないつもりである。

私は戦慄した。まさかこやつ、私をどこかに売るつもりか？

小牧がすることはいつもわけがわからないが、今日は輪をかけて意味不明である。一体私に何をしようとしているのか。

「わかった！　勝負する、すればいいんでしょ！」

「それでいい。何勝負？」

そう言われても。

今この場所でできる勝負なんて、限られている。

「……じゃあ。このガチャガチャで、出るものあてる勝負。どっちも当たらなかったら引き分けってことで、帰るから」

「うん、いいよ。じゃあ私は、これで」

「え」

小牧は景品欄に書かれた「？」のキャラを指差した。下にシークレットと書かれていることから察するに、滅多《めった》に出ないキャラのはずだ。

思わず小牧の方を見ると、彼女はにこやかな笑みを浮かべていた。

おいおい、と思う。

私は少し迷ってから、一番出る確率が高いであろう、スタンダードなキャラを指差す。

小牧は何も言わず、小さく頷《うなず》いた。

最近人気のキャラのガチャガチャは、景品が残り僅かだ。どれくらいカプセルが残っているのかはある程度目視できるけれど、どのキャラが出るかまではわからない。

私はお金を入れて、ハンドルを回した。

ごとん、と音がする。

私は正直、見る勇気がなかった。麻雀《マージャン》や天気予報の勝負で、小牧の運が異常だということは嫌というほどわかっている。で、あれば。ここで私が勝つ確率は、ほとんど0なのだろう。

だからといって、最初から負けると思いながら勝負するほど私は諦めがいい人間じゃない。これまで何度負けても小牧に挑んできたのだ。そりゃあもう、物心ついた時からずっと。だから私は敗北に慣れてはいるが、絶対に諦めない。

諦めなければいつか必ず勝利できる。

私は大きく深呼吸をして、カプセルを手に取った。勝利の感触がする。

「私の勝ちだよ、梅園」

私がにこりと笑うと、小牧は目を丸くした。

世の中には引き寄せの法則ってやつがあるのだ。

願えば叶《かな》う。絶対に。

私はふっと息を吐いて、カプセルを開けた――。

★

「いやー、美味《おい》しかったね夕飯。やっぱり海の近くだから、お魚が美味しいのかな」

私はベッドに寝転びながら言った。

ふかふかだ。家のベッドのスプリングがなんだったんだってなるくらいにふかふかで、しかもいい匂いがする。

いやいや。別に、私のベッドが変な匂いとかそういうのじゃないけど。なんというか、ちょっとワクワクする匂い。旅先ーって感じの。

「わかば、行儀悪い。食べてすぐ横になると体に悪いし、寝っ転がるならお風呂に入ってからにして」

「はいはいごめんなさいでしたー」

小牧は相変わらず口うるさい。ベッドにダイブするのが旅行の醍醐味《だいごみ》だというのを知らないんだろうか。

澄ました顔して椅子に座っているが、ちょっとは楽しんだらどうかと思う。

考えてみれば修学旅行でもそうだった。私は友達と一緒に、敷いた布団でゴロゴロしていたけれど、小牧は一切そういうのをやろうとしなかった。小牧には旅情というものがないのだろうか。いのだろうか。こういうの、旅情って言わないかもだけど。

「あれ、なんだろうこれ。梅園、ちょっと来て」

「何？」

私が声を上げると、小牧がベッドに近づいてくる。私は彼女の腕を引っ張って、そのままベッドに引きずり込んだ。

ぽふ、と音がして、小牧の顔が目の前に迫る。彼女は珍しく、ちょっと驚いた顔をしていた。

私は、笑う。

「あはは、何その顔！　どうしたの？　驚いちゃったのかなー？」

小牧がこんな顔をするなら、勝負に負けた甲斐《かい》があったというものだ。

そう。私は勝負に負けた。普通に。ていうか、盛大に。勝ち誇ってカプセルを開けたら、シークレットのキャラが出てきた時の空気ったらなかった。

いっそ馬鹿じゃないのと笑ってくれたらよかったんだけど、小牧は「私の勝ち」とだけ言って私の手を引っ張ってこのホテルまで連れてきたのだ。結局私は敗北感とどうしようもない恥ずかしさを抱えたまま、彼女と一緒にここに泊まることになった。

案の定、ベッドは一つ。結構大きめだけど、二人で寝るのはちょっとという感じだ。癪《しゃく》だけど、ベッドは小牧に譲って私は椅子で寝るべきかも。こんなところで小牧と一緒に寝たら、何が起こるかわかったものじゃない。

「油断しすぎだよ、梅園」

小牧は目を丸くしてから、やがて眉を顰めた。

小牧の色んな表情を見られた私は、少しだけ満足した。相変わらず可愛げのない表情だけど、でも、間違いなくそれは本当の表情だ。

「……わかば」

「何かなー？」

私にしてやられたのがよほど癇《かん》に障ったのか、小牧は思い切り私の手を引っ張ってくる。体が彼女の方に引き寄せられて、次の瞬間にはゼロ距離になっていた。

彼女にしては珍しい、触れるだけのキス。柔らかな唇の感触はいつも通りだけど、今日は中々離れない。私の感触を確かめるように、彼女は唇を押し付けてくる。少し離れたかと思えば、また強く唇をくっつけて。

段々と、私の唇と彼女の唇の感触が混ざり合って、わからなくなっていく。

興奮か、それとももっと別の感情か。小牧の息はいつもより熱くて、荒くて、それを感じるだけでくらくらしてくる。呼吸の音が、あまりにも近かった。

「油断しすぎ、わかば」

「油断の問題じゃないと思うけど。梅園が強引すぎるの」

「強引じゃないキスなら、していいの？」

「そういうことでもなくて……っ」

小牧は私の髪に触れて、そっと耳の後ろに髪を流してくる。その行為になんの意味があるのかはわからないけれど、小牧はどこか満足げだった。

行儀がどうのとかは、いいのかな。

そう思っていると、いつもみたいに彼女の顔が近づいて、舌が私の口内に侵入してくる。

変わらないその感触に安心するようになったら終わりだと思いながらも、舌だけでなく心まで搦《から》め捕《と》られていくような感じがする。その舌の長さとか、私の舌に触れた時の弾力とか、熱さとか。

そんな情報が、私に刻み込まれる。

混ざり合った呼吸が二人の唇から漏れて、脳が揺れた。ぬるついて熱い舌の感触が、いつまでも私を搦め捕って離さないから、どんどん心がおかしくなっていく。

「気持ちいいって、言えば」

小牧は、湿った声で言う。

「誰も見てないし、聞いてない。……だから、言っても問題ない」

問題ならある。ありまくりだ。そもそも、別に気持ち良くなんてないし。この前の私がどうだったかは、わからないけれど。

「なんでそんなこと、私が言わなきゃいけないの」

「その方が、いいから」

何がいいんだろうか。

そう思うけれど、じっと見つめられると私が間違っているような気がしてくる。あんまりこうして問答していると、また勝負をすることになりかねない。

くらでも。

嘘《うそ》で気持ちいいと言うくらいなら、問題はない。それで勝手に小牧が満足するなら、い

私はため息をついて、彼女の唇を軽く噛《か》んだ。

甘噛《あまが》みだから、痛くはないと思う。でも、反射的に彼女はびくりと体を跳ねさせて、小さく口を開ける。私はそっと、彼女の口に舌を差し込んだ。

「……気持ち、いい」

何かしらの、融解を感じる。

甘くて柔らかなものが溶けて、どろどろになって、それが口から漏れた気がした。嘘の気持ちいいという言葉に甘いものが混ざって、よくわからなくなっていく。

こんな調子じゃ、小牧に勘違いされるかもしれない。本当に、私がキスで気持ち良くなっているのだと。

いや。

勝手に思うくらいなら、好きにすればいいんだけど。でも、そういう勘違いをさせるのは良くなくて。

ぐるりと、思考が回る。

「……私、も」

私が嘘つきなら、小牧だって嘘つきだと思う。

小牧の声はあまりにも甘くて、耳にべったり張り付くような感じがして。でもそれはきっと嘘で、偽りで、本当の感情なんてどこにもない。わかっているのに、そんな嘘に踊らされて、彼女を深く求めてしまう。

しばらく経《た》って、私はようやく正気を取り戻して彼女から離れた。

感情に満ちていた声とは反対に、彼女の表情はやっぱり無感動だった。

嘘つき。

喉から出そうにない言葉は、彼女から流し込まれた唾液と共に飲み込んだ。代わりにため息が出る。私はゴロゴロ回って、彼女から離れた。

ベッドに放っていたスマホを手に取って、画面を見る。結構遅い時間だけど、両親からの連絡はない。うちは割と放任主義だけど、それにしたって心配されていないのだろうか。

私は苦笑した。

「わかば、何してるの」

「お母さんに連絡しとこうと思って」

「しなくていい。前に私の方から言っておいたから」

「……え」

最初から小牧は、私を今日家に帰すつもりがなかったのか。用意周到というか、なんというか。いや、そもそも。

「じゃあ、ここの予約、もしかして前々から取ってたの？」

「どうだろうね」

「……はぁ。その無駄な段取りの良さ、もっと別のところに生かしなよ」

「別のところって、何」

「文化祭の打ち上げとか」

「そんなところで生かす意味、ないと思うけどね」

小牧はそう言って、立ち上がる。

無駄に大きなバッグをゴソゴソしているから、何かと思ってそっちを見ると、彼女が着替えを取り出しているのが見えた。

なるほど、と思う。

なんであんな大きいバッグを持っているのだろうと思っていたけれど、一泊するつもりだったのなら納得だ。

お風呂、先に入るのかな。

さっき部屋を見て回ったけれど、意外に広い浴槽がついていて、足が伸ばせそうでよかった。小牧が先に入ってくれるなら、入浴中に変なことをされる心配もなくなりそうだし、是非そうしてほしいと思う。

しかし。

「はい、わかば」

「……これは？」

「わかば、服って見たことない？　最近の人は皆着てるんだけど」

「そんなのは知っておりますが」

私だって服くらい着とるわ。見ればわかるだろうに、どうしてこういちいち憎まれ口を叩くのか。

「そうじゃなくて。なんで私に渡そうとしてくるのってこと」

「見ればわかるでしょ。このサイズ、私は着れないから」

彼女は折り畳まれたパジャマらしき服を広げて、私に見せてくる。明るい桜色のパジャマは、私が好きな色合いのものだった。

でも。

「私の服まで持ってきたの？　ていうか、買った？」

「拾った」

嘘つけ、と思う。

どう見たってその辺に落ちていた服ではないし、まして小牧が昔着ていた服でもないだろう。あまりにも新品感がありすぎるし。

今日のためにわざわざ買ってきたのか。なんというか、小牧は本当に。本当に、なんなんだろう。

「先、お風呂入ってくれれば。私はゆっくりしてる」

「いいの？　梅園のことだから、一番じゃないと気が済まないのかと思ってた」

「私はわかばと違って、そんな負けず嫌いじゃないから」

「よく言うよ。いちいちマウントとってくるくせに」

私はため息をついて、彼女から着替えを受け取った。いくら小牧でも着替えにデスソースを塗るとか、そういう地味な嫌がらせはしてこないだろう。

今日一日汗をかいたことだし、ここは小牧に乗ってやるとしよう。何を企《たくら》んでいるのかはわからないけれど。

「なんだったら、この前みたいに一緒に入る？　今度は背中とか、流してあげるよ」

私はくすりと笑って言う。

このまま小牧に翻弄されるだけというのは、ムカつくから。どうせ小牧は、乗ってこないだろうけれど。

「……は、いらない。わかばに洗われたら、逆に汚れそうだし」

「これでも結構綺麗《きれい》好きなんだけどね、私。……まあ、やならいいや。先、入ってくるから」

「いってらっしゃい」

意外にも小牧はそれ以上何も言ってくることはなかった。ちょっとだけ拍子抜けだと思いながら、私は先に風呂に入ることにした。

旅先の風呂というのは、なんだか特別な気がする。していること自体は、お湯に浸かるってだけだからいつもとあんまり変わらないんだけど。

私は体を洗って、ぼんやり湯船に浸《つ》かった。

来るかな、と思って待ってみるが、小牧が来る気配はない。いつもの小牧だったら、色々変なことを言いながら突撃してきそうなものだけど。やっぱりお泊まりだからなのかな。

「……はぁ」

歌の一つでも歌おうかと思ったけど、そういう気分じゃない。

私は目を瞑《つぶ》って、湯船に沈む。せっかく髪を纏《まと》めたのに、これじゃ無意味だ。小牧が見たらまた行儀が悪いって怒りそうだけど、いないからいいや、と思う。

頭が重い。このまま水底に沈んだら、水族館の魚の気分がわかるかな。

なんて思うのは、馬鹿みたいだけど。

私はそのまま、湯船の底に沈んだ。


少し、のぼせたかもしれない。私は風呂から上がって、小牧が用意した服を手に取った。さすがに彼女も下着までは用意していないだろう、と思っていたが、よく見ると下着が間に挟まっていた。

サイズもぴったりである。

もしかして、この前私の下着を返そうとしてこなかったのはこのためなのか。わざわざ私のサイズを調べて、ぴったりの下着を買うというのは、さすがにどうなんだろう、と思うけれど。

それなら私から奪った下着をそのまま持ってくればよかったのに。私が一回身につけた下着は触りたくないとかなら、わかんないけど。

彼女が用意したものを着るのは少し、いや、とても嫌だ。でも、今更だ。一度着た服を着直すのはもっと嫌だから、私は大人しく彼女の用意したものを着て、髪を乾かした。

脱衣所から出ると、小牧が声をかけてくる。

「おかえり」

「ただいま」

彼女は椅子に腰をかけて、なぜか私のバッグを抱えていた。

「……何か盗んだ？」

「わかばのものを盗むほど、私は貧しくないけど」

「じゃあ、何か入れたとか」

「入れてない。わかばが床にバッグ置いてたから、テーブルに置こうと思っただけ」

「ありがとうございます、優等生さん」

小牧はバッグをテーブルに置いて、そのまま立ち上がった。

彼女が持ってきたバッグは床に置かれているけれど、それはいいんだろうか。疑問に思うけれど、突っ込んだら面倒臭そうだから、放っておく。

「脱いだもの、袋に入れて私のバッグにしまっといて」

そう言って、彼女はビニール袋を渡してくる。

「自分のバッグに入れるから、いい」

「入らないでしょ、そのサイズだと。……別に、手に持ったまま帰るならそれでもいいけど」

「……返してくれるよね？」

「それは、これからのわかば次第かな」

「なんじゃそりゃ」

この前みたいに、また返ってこなくなったら困るのだが。

今日着てきた服はそれなりに気に入っているのだ。別に小牧とのお出かけだからって気合いを入れてきたとか、そういう話ではない。一応、マナーとかエチケットとしてお気に入りを着てきただけだ。

私は小さく息を吐いた。

小牧の言うこと全部に逆らってもいいことはない。さすがに服をそのまま持って帰るのも嫌だったから、私はビニール袋に畳んだ服を突っ込んだ。

「お風呂入ってくる。わかばは暇してれば」

「一人で楽しんでるから、早く入ってきなよ」

小牧はムッとした表情を浮かべてから、着替えを持って脱衣所に歩いていく。

私はのろのろと立ち上がって、彼女のバッグに自分の服を入れようとした。

大きなバッグには化粧ポーチやら救急セットらしきものやら、様々なものが入っている。着替えは一日分だけらしい。私は少し安心してから、スペースを空けて自分の着替えを入れた。その時、バッグから何かが落ちる。

サイドのポケットに入っていたらしいそれは、シャーペンだ。しかも、ただのシャーペンじゃなくて。

「……これって」

アニメのキャラが描かれたシャーペン。

かつて私が小牧とお揃《そろ》いで買ったものだ。私のはピンクだけど、小牧のは青である。

私は心臓が早鐘を打つのを感じた。小牧はとっくに捨てたと思っていた。だって、私が学校にお揃いのシャーペンを持ってきた時、嫌そうにしていたから。

どうしてまだ持っているんだろう。しかも、わざわざこのバッグに入れて持ち運んでいるのは、一体。

私は自分のバッグを持った。

さっきガチャガチャで当てたシークレットキャラが目に入る。小牧に無理やりバッグにつけられたから、外すことはできないのだ。

でも、今重要なのはそれじゃなくて。

私はバッグの底からシャーペンを取り出した。夏休みが始まってから、スクールバッグからお出かけ用のバッグに移したピンクのシャーペン。

小牧のと見比べてみると、やっぱりお揃いだった。

お風呂の方から、水音が聞こえる。私は、はっとした。いつまでもこうして眺めていたら、小牧がお風呂から上がってきた時に困る。

私はお揃いのシャーペンを、それぞれ元の位置に戻した。

「やっぱり、わかんない」

小牧の考えていることは、わからない。

嫌いな相手とお揃いで買ったシャーペンを捨てずにバッグに入れてあるのは、どういう理由なのか。

恨みを忘れないようにするため？

いつか私の前で壊すため？

それとも。……いや。じゃあ、私がシャーペンを捨てずに、わざわざ持ち運んでいるのはどうしてなのか。小牧に従うのが嫌だったからとか、そういうのもあるけど、本当にそれだけなのだろうか。

自分でも、よくわからないけれど。

胸がぐるぐるする。

私は深く息を吐いて、テーブルに突っ伏した。よく見ると、テーブルの上にさっきまではなかった油性のペンが置かれている。なんの変哲もない、ただのペンだ。

思わず首を傾《かし》げた。小牧はこんなものをテーブルに置いて、何をしていたんだろう。私のバッグに落書きでもしたのかと思ってくるくる回して見てみるけれど、そんな様子はない。

私は色々考えるのが嫌になって、ベッドに横たわった。

お風呂から上がってすぐベッドに寝転んだ時の心地良さはなんなのだろう。体がふやけているせいなのかな。

これでメロンソーダがあったら最高だけど、あいにくここにはないし、買いに行くのも面倒臭い。

私は目を瞑って、少しの間まどろんだ。

小牧のことを忘れたまどろみは、残念ながらすぐに終わることになる。いつの間にか水音が止まって、小牧がお風呂から上がってきたからだ。私はゆっくりと体を起こした。

「梅園、おかえ――」

小牧の方を見て、言葉が止まる。

彼女は下着姿のまま、髪も乾かさずに脱衣所から出てきていた。家でだらしないならまだわかるけれど。

だらしない服を着た姿が見たい、と前に思ったことはある。

だが、こういうのは違うと思う。

「ここ、家じゃないんだけど」

「知ってる」

「なら、ちゃんと服着て、髪乾かしなよ。そのままだと髪に悪いし、風邪引くでしょ」

「知らない」

「行儀も悪いよ。自分でやるのが面倒臭いなら、私が――」

「わかば」

たった一言。

自分の名前を呼ばれただけで黙らせられるのは、どうしてだろうと思う。私は言葉に詰まって、それ以上何も言えなくなった。

さっきとはまた違う、奇妙な雰囲気。小牧はゆっくりと歩いてきて、ベッドに膝を乗せた。

シーツが擦れる音と共に、マットレスが沈む。私の体も少しだけ、彼女の方に寄っていく。まるで蟻地獄《ありじごく》だ。

「目、逸《そ》らしちゃ駄目」

「見る方がおかしいでしょ。早く服着て」

咄嗟《とっさ》に目を逸らした私は、そのままベッドの上で後退しようとする。でも、無理だった。湿った小牧の手が、私の手首を掴んだから。

彼女のしなやかな手が、そのまま私の腕を伝って、頬《ほお》までやってくる。生ぬるい感触が気持ち悪くて、でも、その奥に小牧を感じた。

いつの間にかもう片方の手も私の頬に触れていて、次の瞬間には顔が勝手に動く。このまま首の骨でも折られるのかと思ったけれど、そうではなかった。だけど、そっちの方が良かったかもしれない。

私は小牧のことを、真正面から見つめることになった。

「な、なんなの！　服は着ないし、下着なんて見せようとしてくるし！　やっぱ変態じゃん！」

「わかばは、したことある？」

何を、とは聞けなかった。

この状況で聞かれているということが全てだ。私は少しの間逡巡《しゅんじゅん》したが、やがて静かに口を開いた。

「あるわけ、ないじゃん。梅園にするまで、キスだってまだだったのに。どうせ、梅園は……」

キスにも慣れているし、平然と人の体に触れる。そんな小牧は、きっと。

でも、そんなことどうでもいい。小牧がどうだろうと、私には関係ない。関係ないのだ。本当に。

「私もだよ。したことないし、キスもわかばが初めて」

「嘘《うそ》つき」

「嘘じゃないよ。どうしてそう思うの」

「だって……」

最初から、キスがうまかったから。なんて言ったら、初めてのキスで私が気持ち良くなっていたみたいになってしまう。

だから私は、小さく首を振った。

「梅園はおモテになるから、キスくらい毎日してると思ってた」

「しないよ」

そう言って、彼女は私のパジャマのボタンに手をかけてくる。

小牧も、ファーストキスだったんだ。そう考えると、より彼女の異常性が目立つ気がした。一生に一度しかない特別なキスを、嫌いな私を傷つけるためだけにしてしまうなんて、正気じゃないと思う。

いや。

正気じゃないのは、私も同じかもしれない。

下着姿の小牧に服を脱がされているのに、抵抗する気が起きなかった。前は嫌だった、と思う。無表情で私の服を脱がそうとしてくる小牧が少し怖くて、自分で脱いだりもしたけれど。

今は、どうして抵抗する気が起きないんだろうと思う。

小牧が実はファーストキスを私としたのだと知ったから？

でも、そんなの。

「わかば、ちゃんと下着つけてるんだ」

「そりゃ、私は梅園と違って、変態じゃないから」

嫌いな相手に渡されたものを着るのは、十分変態かもしれないけれど。ボタンを全部外されると、やっぱりちょっと落ち着かなくなってくる。

小牧は人のボタンを外すのに慣れている、と思う。だからなんだって話ではあるんだけど、私は思わずため息をついた。

今日は本当に、ため息がよく出る日だ。

……いつもかもだけど。

「よく似合ってるよ。やっぱりわかばは、明るい色が似合うと思う。わかばに似合いそうなの、買った甲斐《かい》があった」

彼女は私の胸を見ながら、囁《ささや》く。

パジャマと同じ桜色の下着は可愛いけれど。私に似合うと言われても困るし、胸がぐるぐるする。

小牧はそのまま、私の肩に触れた。

素肌が触れ合うことに、意味なんてない。いつもより少ししっとりした肌同士が触れ合うと、その場所だけひどく熱を持っているようにも感じるけれど。でも、それだけだ。いつもより熱く感じるからって、何がどうってわけじゃない。

体が微《かす》かに跳ねるのも、ただの反射である。

「変態。どんな気持ちで、嫌いな相手に似合う下着なんて買ってるの」

「こんな気持ち」

彼女の声を、至近距離で感じた。

かと思えば、耳に何かが触れる。それは彼女の唇で、耳たぶが唇に挟まれているのだと
いうことに遅れて気づく。

体が跳ねた。

いつもならこれ以上してこないけれど、今日は二人きりで、しかも一つの部屋にいるせいだろうか。彼女の舌が、私の耳を舐めた。

耳の凹凸を辿《たど》るように、ゆっくりと。彼女の舌が動く度に、熱い息が耳にかかる。それが脳まで染み込んで、私の体を蝕《むしば》んでいるようだった。

全部、今更だけど。やっぱり、小牧はどうかしていると思う。普通の人間は人の耳なんて舐めないし、嫌いな相手にこんなに時間を割かない。こんなの、有意義な時間の使い方じゃないのに。

なんでもできる小牧なら、いくらでも人生を楽しめるはずだ。高校生なんて青春真っ盛りなのだから、もっと。

「やめ、て」

「やめてあげてもいい。……わかばが、私に触るなら」

「わけ、わかんないって」

彼女の髪が肩にかかって、くすぐったい。でも、一番くすぐったいのは耳だった。粘着質な舌の動きは、まるで。

私はそっと、彼女の肩に触れた。

「……これでいいの？」

「駄目。もっと、全身触らないと」

変態だ。絶対、確実に。

どこの世界に嫌いな相手に体を触らせようとする奴《やつ》がいるのか。

「ほら、わかば。もっと触りなよ。これから先誰に触っても、私のことを思い出すように」

小牧は私から顔を離して言う。

真正面から私を見つめる瞳には、切実な感情がこもっているように見えた。瞳を満たしている感情の正体を知れたら、私は小牧にもっと近づけるのだろうか。

わからないまま、彼女を見つめ返す。

小牧は私の首に触れて、そのまま下へと指を進ませてくる。指が胸に触れて、今度はお腹《なか》に触れて、下着に触れた。

「ちょっ……」

「わかば。早くしないと、私、何するかわからないよ」

「何それ。ほんと、わけわかんないし」

耳が熱い。触れられたところが全部、熱くてどうにかなりそうだった。

体の表面に一本の線が通っていて、そこが熱くて仕方がない。この感覚を忘れることは、きっとできないんだろう。

これが、小牧の望みなんだろうか。

私が将来、誰と触り合っても。今日この日、小牧に触られて、小牧に触ったことを思い出すように。そして、私がその時、嫌な思いをするように。

誰とキスしても、誰と繋がっても、誰に指輪をもらっても。

それはもう、私にとって新鮮なことではなくて。全部に小牧の足跡が残っているから、きっと新鮮に喜んだり、ドキドキしたりすることはできないのだろう。

手遅れだ。何もかも、全部。

小牧に関わってしまった時点で。小牧ともう一度、関係を持ってしまった時点で。

でも、それはきっと、小牧だって同じだ。小牧が完全に私のことを忘れる日は、来ないのだろう。思い出して嫌な思いをするほど彼女は弱くないだろうけれど。それでも、私は小牧の心に残り続けるはずだ。

それを喜ぶ心は、私にはない。

小牧の心に残りたいとか、私のことを刻みつけたいとか。私にあるのはそんなどうしようもない思いじゃなくて。

「……わかった。触れば、いいんでしょ」

触りたいわけじゃない。私がずっと抱いているのは、ただ、小牧の本当の感情を見たいという思いだけだ。

小牧の色んな顔が見たい。些細《ささい》な怒りでも、星座占いが最下位だったとか、そういうくだらない悲しみでもいい。とにかく私は、その無表情の奥に隠された、本当の彼女を知りたいのだ。

　教えてもらうことなんてできないとわかっているから、自分からどうにかそれを探るしかないんだけど。

　私は少し迷ってから、彼女の首に触れた。温かくて、しなやかな首。

　白くて長いその首の先に、鎖骨がある。普段から見慣れているのに、服がないだけで何か、珍しいものを見た気がするのはどうしてなのか。

　私の体の表面に刻まれた指の跡を辿るように、彼女の体を指でなぞる。

　指先が沈み込む感触は、新雪を踏み締めた時のそれに似ているような気がした。

「どう？」

「どうも、何も」

「わかばと違って、ちゃんと成長してるでしょ」

　うるさいな、と思う。

　そもそも小牧は、私の体のことなんてそう知らないだろう。これでも昔よりは身長も伸びているし、色々と成長しているのだ。小牧ほどじゃないにしても。成長期を舐《な》めるなという話である。

　私は彼女の胸に、掌《てのひら》を押し当てた。

　確かに、心臓の鼓動を感じる。今更それに安心したりなんてしないけれど、でも、彼女はやっぱり人間なんだって再認識した。

　私は静かに、彼女の手を自分の胸に誘《いざな》った。

「……何してるの」

「鼓動の交換っこ」

「何それ。馬鹿じゃないの」

　私は人間で、小牧も人間だ。鼓動はどっちも速いけれど、多分、私の方が彼女よりもっと速い。こういうところで勝ったって仕方ないけれど。

　彼女に触れさせて、改めて気がついた。

　頭は麻痺《まひ》しているけれど、私はこの状況に、少なからずドキドキしている。それは甘い感情によるものではないけれど、まだこういう状況に慣れていないのは確かである。澄ました顔をしているが、小牧も同じだ。

　ちゃんとこういう時は、鼓動が速くなるんだな、と思う。やっぱり、紛れもなく人間だ。それを小牧に伝えるのは、難しいのだろうけど。

　でも、私は。私だけは、知っている。小牧が決して、完璧超人じゃないってことを。

「わかば、何笑ってるの？」

　おっと。

自分でも気づかないうちに、笑っていたらしい。

私は首を振った。

「ううん、なんでもない。梅園は、梅園だと思って」

私は胸から手を離して、お腹に触れた。

ちょっと摘んでみると、全然肉がついていなかった。引き締まっているのはこの前水着を見た時にわかっていたけれど、触るともっとよくわかる。

「……わかば」

小牧は不機嫌そうに眉を顰めた。

さすがの小牧も、お腹を摘まれるのは恥ずかしいんだ。

「あはは、ごめん。お詫《わ》びに私のお腹も触っていいよ」

「……いい、別に」

そう言って、彼女はそっぽを向いた。私には目を逸《そ》らしちゃ駄目だと言う割に、自分はいいんだ。

まあ、彼女には私の体を脳に刻みつける理由なんてないから、当然だろうけど。

私は小さく息を吐いて、彼女を見つめた。

本当に、成長したと思う。昔一緒に風呂に入った時、小牧がどんな感じだったかは覚えていない。でも、大きくなったのは確かだ。

手足は長くなって、顔も丸みがなくなってきて。

昔と今で体がはっきりと変化するくらい、長い時間を彼女と一緒に過ごしてきた。そう思うと、胸がちょっと変になる。

温かくなるような、ずきずきするような。どっちなんだろう、と思いながら、私は彼女に笑いかけた。

「触ったよ、梅園」

「……まだ。まだ、触ってないところ、あるでしょ」

「……ああ、なるほど」

私は彼女の足に触れた。

昔は頼りなかったのに、今ではもう、誰にも頼ることなくどこまでも歩いていけそうだ。そう思っていると、小牧に手首を摑《つか》まれた。

「そこじゃ、ない」

「……じゃあ、どこなの？」

「……それは」

彼女の手は、微かに震えている。

まだ、私が触れていない場所。それは、きっと彼女すらも触れていない場所だ。でも、そう簡単に触らせるのも、触られるのもおかしいと思う。

「もう十分、梅園のこと忘れられなくなってる」

「忘れないだけじゃ、駄目だから。もっと、一分一秒でも多く、私のことを思い出さないと駄目」

小牧はどこか、余裕がなさそうな顔をしている。

それは錯覚かもしれないけれど、私が小牧のこういう顔を見間違えることはないと思う。

小牧が私に一体何を求めていて、何をしようとしているのかはわからない。いくら考えたって、答えが出ないとわかってもいる。

私はぎゅっと、彼女を抱きしめた。

いつもよりずっと鮮明に、彼女の感触が伝わってくる。同じボディソープと、シャンプーの匂い。でも、完全に同じではない。やっぱり小牧は、どんな状況でも小牧だ。私も、きっと。

忘れられないなら、気が済むまで彼女を感じればいいと思う。

もう後戻りできないところまで来ているのだ。ここまで来たら、何をしたって同じだ。

だから私は、昼間よりもずっと強く彼女を抱きしめた。

「わかば？」

少しだけ、いつもと違う声色だった。

戸惑っているのだろうか。だとしたら、ちょっと面白い。

最初に裸にされて抱きしめられた時、私も同じだったから。これでおあいこだ。もっと、心を乱せばいい。そして、その顔を私に見せてくれれば。

「前と違ってお揃《そろ》いだね」

「なんの話なの」

「今日はお互いに裸で抱き合ってるなーって話」

「わかばは上半身だけでしょ」

「パジャマくらいなら、脱いであげてもいいよ。下着までは脱がないけど」

「別に……」

小牧は私の背中に爪を立ててきた。

少し痛いけれど、血が出るほどではないと思う。私は小牧に痛い思いをさせられないから、指で背中をくるくるなぞった。

「……やっぱり。やっぱり、脱いで」

小牧はひどく小さな声で囁く。私は笑った。

「いいよ。梅園が買ってくれた下着、上だけじゃなくて下も見せてあげる」

「何それ。……変態」

「梅園に言われたくないんだけど……」

一度小牧と離れて、パジャマのズボンを脱いでいく。この際だから、上も脱いでしまう。

どうせボタンは外されているのだから、着ようと脱ごうと同じだ。

小牧は私をじっと見つめていたけれど、今は特に何も思わなかった。心が麻痺している時は、何をしたって平気なものらしい。

こういうのに慣れてしまうのは、どうかと思うけど。

なんで私は、脱いでもいいなんて言ったんだろう。下着をつけていたって、服を脱ぐことには変わりないのに。自分でもわからないままパジャマを脱いで、また小牧と抱き合った。

さっきとはまた違う感触だった。

温かさとか、柔らかさとか。私にとっては初めての経験で、小牧にとっても多分、そうなんだろう。

脚同士が絡んで、体温が染み付く。

人と抱き合うと、幸せホルモン的なのが分泌されるって聞いたことがある。今はどうなんだろう、と思った。少なくとも幸せではない。ないけれど、いつもと違う、どこか甘くも感じる痛みが胸にあって。

今小牧がどんな顔をしているのか見たい。

でも、抱き合っていると顔を見ることができない。離れてしまったら今の小牧の顔を見ることはできないから、結局全部わからないままだ。

もし小牧の顔が見えたとして、どんな顔をしていたら満足できるのかは、私もわからないけど。

胸がぐるぐるする。甘くて、痛くて、温かくて、どうしてか泣きそうになる。なんで、こんな気持ちになるんだろうと思う。私は胸が詰まるのを感じた。

「ねえ、わかば」

「うん」

「……わかば」

「聞いてるよ」

「わかば、わかば、わかば」

「なになに。そんなに呼ばなくても、私はちゃんと、ここにいるって」

本当にそうかな。

心も距離感も遠くて、違う方向を見ていて。バラバラな私たちは、本当に同じ場所にいるんだろうか、と思う。

でも、彼女から伝わってくる熱は嘘《うそ》じゃなくて。

だからこそ、なんだか泣きそうな心地になっているのかもしれないけれど。でもそんな自分が嫌だから、私はいつもみたいに笑ってみせた。

「なんで、わかばは……」

彼女は何かを言いかけて、私を抱き寄せたままベッドに寝転んだ。

体重が小牧の体にかかるけれど、彼女は一切気にした様子を見せない。私はその柔らかさで、また心臓が早鐘を打つのを感じた。

ごろりと回って、少しだけ距離ができる。

そこでようやく、彼女と目が合った。

多分その瞳は、さっき抱き合っていた時とはまた違う色をしている。でも、その残滓《ざんし》はあるのか、彼女の瞳は少しだけ、いつもと違った輝きを秘めていた。

「……なあに、梅園」

「……なんでもない。わかばはいつも通り、小さいと思っただけ」

「そういうこと言っちゃうんだ。雰囲気台無し」

「最初からそんないい雰囲気じゃなかったでしょ」

「どうだろうね？　自分から脱いでもいいって思うくらいには、いい雰囲気だったかもよ」

「何それ」

くすくす笑っていると、頬《ほお》を引っ張られた。

彼女はいつも、無遠慮だ。もっと優しく触ってくれればな、と思うけれど、それに意味なんてないとも思う。

結局私たちはそのまま、何をするわけでもなく抱き合っていた。

先に眠りに落ちたのは小牧で、私は彼女の寝顔を至近距離で眺めることになった。

「ほんと、無防備。完璧が聞いて呆れるよ、小牧」

私は軽く彼女の唇にキスをした。

反応は、ない。

だよね、と思いながら、私はゆっくり立ち上がった。私がいなくなっても、眠りから覚めることはないらしい。枕が替わると眠れないとは言うけれど、眠ってしまえば関係ないようだ。

はぁ、と息を吐く。

私はテーブルの方まで歩いて、油性ペンを手に持った。

別に、私は小牧に意地悪がしたいわけじゃない。ただ、ちょっとした悪戯心《いたずら》と、処理できない感情が胸にあるから。

だから私はもう一度ベッドに戻って、ペンのキャップを開けた。

ちょっと迷ってから、小牧の左手をとって、ペンを走らせる。

『わかば』

私の左手にだけ、彼女の痕跡が残っているのは不公平だ。彼女にも私要素がないと、釣り合いが取れなくてなんか嫌だ。

だから。……なんて。

「言い訳かな、こんなの」

私は小さく息を吐いて、風邪を引いたりしないように、彼女に布団をかけた。

少し迷ってから、私も布団に入って、小牧に軽く抱きつく。小牧はもう眠ってしまったから、きっと何も起きないはずだ。

明日落書きに気づいた時、どんな顔をするんだろう。考えてみると、少しおかしかった。私が知らない表情を浮かべてくれたらいいけど、いつも通りの無表情でいるんだろうな。

それも、小牧らしくて嫌いじゃないけど。

「大っ嫌い」

空っぽの言葉を投げて、私は目を瞑《つぶ》った。

小牧と一緒にいて、落ち着くことなんてないと思っていたけれど。今日はどうしてか、安眠することができた。

★

「わかば、何これ」

「なんだろう、呪いかな。怖いね」

「……私のペン、使ったでしょ。油性なんだけど」

「アルコールで取れるよ」

「そんなの持ってないから」

「え？　でも、バッグの中に……」

「ないって言ってるの。どう責任取ってくれるの、これ」

「そう言われても……」

「……わかばにも、書くから」

「はい？」

「手、出して」

「え、やだ。もう嚙み跡ついてるし。ずるくない？」

「ない。わかばは、私のものだから。名前書いておかないとね」

「ちょ、梅園……？」

4　大好きだったあの子と、大嫌いな彼女

「わかばー。こっちこっちー」

ゆるい茉凛《まつり》の声に誘われて、彼女の方に歩いていく。

午後五時五十分。徐々に日が沈み、空が群青色に染まり始めた頃、私たちは祭り会場の近くに集合していた。

茉凛は淡いピンクの浴衣を着ていて、長い栗色《くりいろ》の髪を頭の後ろで結んでいる。風情があるというか、なんというか。とにかく綺麗である。

「早いね。浴衣、似合ってる。可愛いよ」

「ほんと？　よかったー。わかばも似合ってるよ」

「私はいつもの格好だけど……」

「いつもの格好が似合ってるのが一番だよー」

茉凛は去年も浴衣を着ていたが、その時も似たような会話をした気がする。小さい頃は私も浴衣を着ていたのだが、動きづらくて面倒だからいつからか着るのをやめてしまった。

小牧《こまき》はどうだっただろう、と思う。彼女は何を着ても着こなしてしまうから、かえってどんな服を着ていても印象に残らないのだ。

「そうかもね。……夏織《かおり》と梅園《うめぞの》は、まだか」

「うん」

小牧に予定を空けておけと言われてから、七日が経《た》った。今日が彼女に予定を捧《ささ》げる最終日なのだが、茉凜から連絡があって、祭りに行くことになったのだ。

てっきり小牧は断れと言ってくるかと思っていたけれど、意外に「私も行く」と言ってきたのだ。結果、こうして皆で祭りに行くことになったのである。

夏織も一応誘っていたが、彼女は行けたら行くという適当な反応だった。住んでいるところも違うし、この暑いのに電車に乗ってこんなところまで来たくないというのもわかる。

小牧も来ると言っておいたから、多分来るだろうけど。

「茉凜はいつも来るの早いよね」

「待ってるのが好きだから」

一時期、茉凜よりも早く集合しようとして、どちらが先に来られるか勝負しているみたいになったことがある。最終的に待ち合わせ二時間前に二人とも集合するようになって、さすがにやりすぎだと思ってやめた記憶がある。

私が十分前に来て、茉凜がそれよりも少し前に来る。そういう関係が、私たちには合っているのだと思う。

「待ってる時間、何してるの？」

「わかばのこと考えてる」

「え、それだけ？」

「それだけ」

なんとも言えない発言だ。茉凛は少し変わったところがある。しかし、いつも素直に言葉を伝えてくれるところがいいと思う。

「私、そんな考えられる要素あるかな」

「あるよ。どんな服着てるかなー、とか。どんな顔で来るかなーとか」

ぼんやりした会話が続く。やはり今日は祭りに繰り出す人が多いのか、私たちの前を浮かれた様子の人々が通り過ぎていく。

しばらく話を続けていると、やがて、遠くから夏織と小牧の姿が見えてくる。どうやら途中で合流してきたらしい。夏織は相変わらず、挙動不審だ。

「お待たせ」

小牧が言うと、茉凛が応じた。

「ううん。そんなに待ってないよー。じゃ、行こうか」

夏織と小牧は普段通りの格好をしている。やはり、小牧も浴衣は着ないらしかった。

私たちは二列になって歩き始めた。自然にこの前と同じく、私と茉凛、小牧と夏織の組み合わせになった。

小牧と並んで歩くことにならなくてよかった、と思う。小牧と二人で並んでいたら、妙な雰囲気になるかもしれないし、変なことをされるかもしれないいし。

私たちはそのまま祭囃子《まつりばやし》の中をしばらく歩いて、屋台でかき氷を買った。ここのかき氷は好きなだけシロップをかけられるシステムで、私はこれ幸いと馬鹿みたいに大量のメロンシロップをかけた。

緑色のかき氷は、最近流行《はや》りのふわふわのものではなく、ガリガリ系のやつだ。これはこれで悪くない。

歩道の隅に座ってかき氷を食べていると、不意に茉凛がべっと舌を出してくる。

舌の色は、青。

ブルーハワイの色だった。私はにこりと笑って、軽く舌を出した。

「宇宙人だ」

「いくつになってもやっちゃうね、こういうの」

思わず二人で笑い合う。

「……夏休み、何してるー?」

「んー。暇してるかな」

「そうなんだー。梅ちゃんと遊びに行ったりはしないの？」

鋭い、と思う。私は曖昧に笑った。

「まあ、ちょっとはね。それより私、茉凛と遊びたいなー」

「私もだよー。最近会えてなかったから、わかば成分が不足しちゃってねー」

「なんじゃそりゃ」

私はシロップなのか氷なのかわからないほどに緑色に染まったものを口に入れた。小牧と違い、私と茉凛の関係に後ろ暗いところはない。だからかき氷を食べながら、いつものように雑談を続ける。

その間、時折小牧の視線を感じた。

心配しないでも、茉凛に余計なことを言ったりなんてしないから。

私はそういう意味を込めて彼女に目を向けたが、目を逸《そ》らされた。

別に、いいけれど。

「あ、そういえば。最近学校の近くに美味《おい》しいかき氷のお店ができたんだけど、一緒に行かない？」

「え、行く行く！　どんなところ？」

「えっとねー……」

茉凛との会話はスムーズだ。変にぶつかり合うこともないし、落ち着く。

小牧たちはどうなんだろう、と思う。相変わらず夏織はしどろもどろで、小牧は猫を被《かぶ》りすぎて何がなんだかわからなくなっている。

仮面舞踏会か何かだろうか。

「わかば」

茉凛に視線を戻すと、彼女の顔がすぐ近くまで迫ってきていた。

距離が近いのはいつものことだけど、少し驚く。

「な、なに？」

「夏織ちゃんから聞いたけど、三人で遊んだんだって ー？」

「あー、まあね。偶然会ってね」

「そっかー。羨ましいなー。私は偶然わかばに会うことってないのに」

「偶然じゃなくても会えるから良くない？」

「良くないよー。偶然会うっていうのがいいんだから。今度予定合わせて偶然会おうねー、わかば」

「予定合わせちゃったら偶然じゃなくない……？」

かき氷を食べた後、私たちは花火が打ち上がる会場に向かってだらだら歩き出した。その時、隣から誰かに手を握られる。その感触には、覚えがあった。

小牧のものとは違う、温かくて小さな手。それは、茉凛の手だった。

「はぐれないようにしないとねー」

茉凛はにこにこと笑っていた。私は彼女の手を握り返して、微《かす》かに笑った。

確かに、こう人が多いと手を繋がずにはいられないかもしれない。

四方八方を囲むのは顔も名前も知らない人ばかりで、ひとたびそこに紛れ込んでしまったら、知っている人でも知らない人のように見えてしまいそうである。

だから私は少しだけ強く茉凛の手を握って、前を見た。

前を歩いていたはずの夏織たちの姿がない。周りに目をやってみても、それらしい影は見えなかった。

「夏織と梅園は……」

口にしかけた言葉が、どん、という大きな音にさらわれて消えていく。どうやら、花火が打ち上がる時間になったらしい。

墨汁を流し込んだかのように黒く染まっていた空に、明るいオレンジが浮かび上がる。周りの音を消し去るくらいの轟音《ごうおん》が響いて、いくつもの花火が空を埋めていく。その時、ぐい、と手を引っ張られた。

「わかば、こっちこっち」

茉凛に手を引かれて、人混みから遠ざかる。花火が始まる時間であるせいか、さっきよりも人が多くなっていて、歩くのにも苦労しそうだった。

「ちょっと休もう。もう少ししたら、人通りも落ち着くと思うよー」

「……そうだね」

私たちは手を繋《つな》いだまま、屋台から離れた端の方で空を見上げた。

この花火大会は、田舎にしては結構打ち上げる花火の数が多い。だからしばらく見上げていても、玉が尽きる様子はなかった。

花火が打ち上がって、弾ける音が聞こえる。去年もその音を聞いて、夜空に広がる花火を見たけれど。初めてみたいに新鮮に花火を楽しめるのは、どうしてなんだろうと思う。隣にいるのが、茉凛だからなのだろうか。

「たーまやー」

茉凛が小さく声を上げる。

夜の闇を縫うようにして広がる光の線は、目が眩《くら》みそうなほど綺麗だった。

「綺麗だねー、花火」

「そうだね。来てよかったよ」

「うんうん。来年も再来年も、こうやって見に来られるといいよねー」

茉凛との関係は、来年も再来年も続いていくのだろう。茉凛は大切な友達で、できることならずっと仲良くいたいと思っている。

小牧は、どうだろう。

私は彼女との縁を切りたいと思っている。本来私と小牧の縁は、すぐに切れるべきだったのだ。私と小牧は住む世界が違うし、何より私たちはお互いのことをほとんど理解していない。

早く彼女との勝負に勝って、この関係を終わりにしたい。したい、けれど。それでも私は、彼女のことが知りたい。どうしようもないくらいに。

わからない。私は小牧との関係を、どうすべきなのだろう。

そんなことを考えていると、私の顔を覗《のぞ》き込んできている茉凛と目が合った。

「花火、ちゃんと見てる？」

「見てるよ。今は茉凛の顔見てるけど」

「感想は？」

「綺麗だよ」

「それは、どっちが？」

「どっちも」

私は空を見上げた。様々な形や光を持った花火が空を彩っている。この光を、小牧も見ているのだろうか。彼女はそれを見て、何を思うのだろう。

花火大会に来てる人とか、馬鹿にしてそう。

小牧に風情とか情緒とかそういうものがわかるだろうか。祭りに来る人も参加する団体も全部見下してそうで嫌だと思う。

「わかば」

現実に意識が引き戻される。茉凛は一本一本指を確かめるみたいに、私の手を握ってい
た。

「他の人のこと、ずっと考えてるでしょ」

大きな瞳が私を見ている。

「せっかく花火見に来たのに。もったいないよ？」

彼女はそう言って、私の手を両手で包み込んできた。柔らかく手を握られると、思わず
笑ってしまう。

「うん、ごめん」

「いいけど……どうせ考えるなら、私のことにしてよ。ほら、この浴衣とか、今日のため
にわざわざ新調したんだよー？　もっと感想ないのかなー」

「そうだったんだ。道理で見たことないと思った。……茉凛らしくて、いいと思う」

「あはは、ありがとー。なんか、言わせたみたいになっちゃったけど」

くすりと笑って、彼女は空を見上げた。

花火に照らされた彼女の横顔は眩《まぶ》しくて、綺麗だった。

「わかば。……わかばは今、好きな人いる？」

彼女の声は近くて遠い。花火の音に交ざっているのか、人々の声のせいなのか。わからなくて、私は彼女の手を強く握った。

「んー。茉凛かな」

「それはどうもー。……結城先輩のことは、もう大丈夫？」

「ん、大丈夫。もう諦めてるから」

あれは、諦めとは少し違う。でも、わざわざ言う必要もなかった。

茉凛は目を細めた。

「そっかー。じゃあ、両思いだね。これはもう、もっとたくさんデートしないとかなー」

「そうだね。近いうちに」

「約束だよ？」

私は頷《うなず》いた。

茉凛と一緒にいると、あれこれ悩まなくていいし、落ち着く。相手がどう思っているかとか、私は相手をどうしたいのか、とか。

そういうことばかり考えていたら、肩が凝る。

私はしばらくの間、茉凛と花火を眺めた。これからもずっと好きだと言い続けられるだろう相手と一緒に眺める花火は、やっぱり綺麗に見えた。

そうして私たちは、またゆっくりと歩き始めた。

スマホを見ると、小牧から連絡があった。会場で待っているから早く来いとの旨だ。小牧は相変わらずだ、と思いながら、私たちは会場に向かった。

会場に着くと、すでに人でごった返していた。席取り合戦はとっくに終結しているらしく、花火が綺麗に見えそうな場所はもう埋まっている。私たちは屋台でいくらか食べ物を買って、小牧たちのところに向かった。

「わかば、茉凛ー！　遅いぞー！」

夏織が大きく手を振って、声を張り上げる。夜でも変わらない彼女の元気さには、驚くというか感心するというか。

「よかった、合流できて。二人とも無事だったー？」

「無事も無事よ。こっちには小牧さんがついてますから！　ね、小牧さん！」

「うん。頼りにしてくれて嬉《うれ》しいよ、夏織」

「い、いえいえ！　何も貢献できず申し訳ないというか！」

政治家の会合か何かでしょうか。

なんというか、夏織の慕い方は舎弟か犬のそれだ。小牧に憧れても、あんまりいいことないと思うけど。

「そっちは大丈夫だった？　お菓子あげるって言われてついて行ったりしなかった？　主にわかばが」

「舐めとんのかおい。夏織よりはしっかりしてるから」

「知っているかねわかば。どんぐりの背比べという言葉を……」

「誰がどんぐりか」

「あ、わかばはどんぐりってより豆かな？　小さいし」

「私と身長そう変わんないでしょうに」

「十五センチ違ったらかなりの差だと思うけど……定規一本分だし」

私は夏織とくだらない言い合いをしながら、地面にしゃがみ込んだ。下は芝生だからそんなに汚れることもないだろうと思い、地面に座る。

花火大会だからといって、花火を見るだけでは飽きが来る。私たちはそれぞれ屋台で買った食べ物をシェアし始めた。

楽しさと居心地の悪さの、ちょうど中間にいる気がする。

茉凛と夏織だけならともかく、小牧がいるといつものようにはいかない。よそ行き顔と少し高い声が、私の日常を非日常にしてくるのだ。

なんなんだろうな、この感じ。

友達が恋人の前で甘い顔と声をしているのを見てしまったみたいな気まずさというか。

別に私は、小牧と友達でもなんでもないんだけど。家族でも友達でも、ましてや恋人でもないけれど一緒にいる。そう考えると、幼馴染《おさななじみ》って不思議な関係だと思う。

「夏織、それで足りる？」

「え、あ、大丈夫です！　全然！」

「あはは、遠慮しなくていいよ。私ももうちょっと何か食べたいし、買ってくるね。……わかば」

ちらと、小牧がこっちを見てくる。私は手を振った。

「いってらっしゃい」

「私一人だとあんまり持てないから、手伝ってほしいな」

にこにこ。

腹立たしいというか、いっそ清々《すがすが》しさすら感じるほどの笑みに、私は少し肌が粟立《あわだ》つのを感じた。小牧の猫の被《かぶ》りっぷりには慣れているはずなんだけど。

やっぱり気味が悪い。

「梅園なら持てそうだけど……」

「行ってあげなよ、わかば。私は夏織ちゃんが喉に詰まらせないように見張ってるから」

「赤ちゃんじゃあるまいし」

夏織が不満げに声を上げる。茉凛は小牧よりずっと自然な笑みを見せた。

「気にしない気にしない。ほら、わかば」

ぽん、と軽く背中を叩かれて、小牧の方に一歩踏み出す。

小牧は私がついてくるのは当然だとでも言わんばかりに歩き出した。これで一緒に行かないのも不自然だと思い、私は彼女の一歩後ろを歩いた。

花火がまだ、続いている。

立ち止まって花火を見上げる人々の横を通り抜けて、静寂と喧騒《けんそう》が交互に入り混じった夜の街を歩く。屋台が並ぶ通りに来ると、さっきまでの暗い道が嘘《うそ》だったみたいに明るくなり始めた。

そこで私は、ようやく小牧の輪郭を正しく認識できた気がした。

「梅園、何買うの？」

「……あれ」

「たこ焼き？　意外に定番なチョイスだね」

「定番じゃないチョイスってなんなの。祭りの屋台なんて、だいたい定番でしょ」

「チーズハットグとか？」

私たちはたこ焼き屋の列に並んだ。

わざわざ私を呼んだんだから、何か変なことでもしてくるのかと思ったけれど。存外小牧は私に何もしてこないし、いつもみたいに手を繋ごうとしてくることもない。だからといって手が寂しくなるとか、そういうのはない。

私は軽く、拳を作った。

「手、繫《つな》がなくていいんだ」

「……繫ぎたいの？」

「ううん。いっつも勝手に繫いでくるのに、どうしたのかなーって思って。またはぐれちゃうよ？」

「私が迷子になったみたいな言い方だけど。……勝手にいなくなったのはわかば」

「梅園が後ろをちゃんと確認してくれたら、はぐれなかったと思うけど」

「知らない。……わかばの方なんて、見たくないから」

そんなこと言うなら、どうして私と一緒に祭りになんて来たんだろう。

小牧は祭りに対して謎の敵愾心《てきがいしん》を燃やしている。だから誘われても行かないと言うと思っていたけれど。

一緒に行くなら行くで、もっと楽しんでくれないと困る。

なんて、ここ数日ずっと思ってきたことだけど。

私はため息をついた。

「かき氷食べてる時は、ちらちら見てたじゃん」

「見てない。わかばじゃなくて、茉凛の方見てた」

「言っておくけど、茉凛に何かしたら許さないから」

「何それ。……生意気」

列が進んで、一番前まで来る。

私たちは二パックたこ焼きを買って、一パックをその場で食べることにした。途中の屋台でラムネも買って、人が少ない道に座る。

私は花火に左手をかざした。今日は薬指を噛まれていないから、彼女の痕跡はかなり薄れてきている。手の甲に書かれた彼女の名前も、ほとんど消えていた。油性ペンでも、普通に生活していれば自然に消えてくるものらしい。

永遠に続くなんて、思っていなかったけれど。

悪戯《いたずら》は油性でやるなとよく言われる割に、大したことないじゃないか、と思う。一週間くらい消えずに残ってくれれば、面白いのに。まあ、きっと小牧はすぐにアルコールでもかけて消したんだろうけど。

あの時、バッグにアルコールがないって言ったのはなんだったんだろう。少しだけ、疑問に思う。やっぱり、私に仕返しで名前を書くために嘘をついたんだろうか。

そんなことしなくても、どうせ私の尊厳は彼女のものだ。

彼女にされることを拒むなんて、最初から無理なのだけど。

「梅園、何してるの？」

「冷ましてる」

小牧は箸で摑《つか》んだたこ焼きに、息を吹きかけていた。

そんなに猫舌だったっけ、と思う。私はぼんやりとそれを眺めてから、たこ焼きを箸で摑んだ。

なんというか、祭りという感じだ。

小さい頃から祭りには毎年来ていたから、慣れているはずなんだけど。毎年ワクワクしてしまうのは、私が馬鹿だからなのだろうか。

「……はい」

「はい？」

小牧は私の方に箸を差し出してくる。思わず首を傾《かし》げると、暗闇の中で小牧が不機嫌そうな顔をした。

「いやいや、見れば分かる通り、自分で持ってるやつがあるから」

「食べれば」

「……わかば」

箸がどんどん私に近づいてくる。このまま拒んでいると顔にくっつけられそうな勢いだった。私は仕方なく口を開けて、たこ焼きを食べた。

微妙にぬるい。

たこ焼きというのは灼熱《しゃくねつ》地獄のような熱さを楽しんでこその食べ物だ。冷めてしまってはその魅力も半減するけれど、小牧にじっと見つめられたら、文句は言えない。

「次は、私」

「……なんで食べさせっこなの？」

「別に」

小牧なりに祭りを楽しもうとしているんだろうか。たこ焼きを交互に食べさせ合うことになんの意味があるのかはわからないけれど、私は仕方なく箸を小牧の方にやった。

その時、一際大きな音が響いた。

思わず空を見上げると、特大の花火が打ち上げられていた。黄色がかった白の線が無数に夜空に散って、昼みたいな明るさを作っていく。その光で、小牧の顔がよく見えた。

人形みたいに整った顔。閉じられた目には長いまつ毛がくっついていて、花びらみたいな唇が私を待っている。

人間のくせに。

こういう顔を見ると、人間離れしていると思ってしまうから不思議だ。彼女を見つめていると、段々と胸がもやもやしてくる。

いつもみたいにキスでもしてやろうかと思ったけれど、でも、多分それは今やるべきことじゃなくて。見慣れた表情を崩すには、きっとキスじゃ駄目なんだと思う。だから私は、大人しく彼女の口にたこ焼きを運んだ。

静かに動く口元を、こうしてじっくり見るのは初めてな気がする。

偽りの表情を浮かべる時とも、私の指を噛《か》んでいた時とも違う。些細《ささい》な違いかもしれないけれど、それを見つけられたことが、少しだけ嬉しい。

そう思っていると、小牧は訝《いぶか》しげな表情を浮かべた。こういう表情も、あんまり見たことがないかもしれない。

「……入ってない」

「え」

「たこが入ってない」

私は目を丸くしてから、思わず笑った。

いつもはありえないくらい運がいいのに、こういう時は全然なんだ。

しかも、たこが入っていなかったからってこんなに不機嫌そうな表情を浮かべるなんて、おかしすぎる。

小牧はやっぱり、意外と子供だ。

「何笑ってるの、わかば」

「あはは、ごめん。ほんと……ふふ。笑うつもりじゃなかったんだけど」

「人の不幸が、そんなに面白いの」

不幸ってほどじゃないと思うけど。

いつも私の失敗を笑っている小牧が言うんだ、とちょっとだけ思う。でも、それより。

「梅園も、やっぱりたこ焼きにたこが入ってないのはやなんだなーって思ったら、ちょっとね」

「何それ。たこ焼きにたこが入ってなかったら、ただの丸い生地でしょ。笑うことじゃない」

「そうかもね。……ほら、もう一個どーぞ。次は入ってるよ、きっと」

私はそう言って、もう一個たこ焼きを箸で摑んで、息を吹きかけた。

小牧は微妙な顔で、私に差し出されたたこ焼きを口に入れる。

彼女の色んな表情を探すのは、楽しい。ほとんど変化とも呼べないような些細な変化を見つけるだけで、ちょっとだけ心が軽くなって、彼女と一緒にいるのも悪くないかも、と思う。

私はやっぱり、単純なのかもしれない。

たこ焼きを食べさせ合った私たちは、買っていたラムネを手に取った。大抵のことは完璧にできる小牧様は、こぼすことなくラムネを開けている。

青色の瓶の中で、細かい気泡が音を立て始めた。

風に揺れる葉っぱの音みたいだけど、ちょっと違う、爽やかな音色。夏って感じがする。

「ねえ、梅園。来年は、お揃《そろ》いの浴衣でも着よっか？」

小牧はラムネを飲みながら、私の方を見た。

私の方なんて見たくないなんて言っていたくせに。

やっぱり小牧は、嘘つきだ。

「来年も来るつもりなの」

「そりゃ、もちろん。部活もやってないから、暇だしね」

「……ふーん」

興味なさそうに言ってから、彼女は喉を鳴らす。

白い喉が動く様を見て、今更何かを思うこともないけれど。でも、考えてみれば。彼女の喉に指で触れた時の感触を知っているのは、私だけなのだ。だから何があるというわけではないが、私は思わず、彼女の喉に指先で触れた。

前と変わらない感触。

そのはずだけど、同じじゃない気がした。私は確かめるように指を滑らせて、彼女の顎に触れた。

「おーよしよし。喉ゴロゴロ鳴らしてくれるかなー？」

「何してるの」

「梅園の喉が鳴るか、確かめてる」

「鳴るわけないでしょ。私、猫じゃなくて人間だから」

彼女は呆《あき》れたように言って、私の喉に触れてくる。

私よりも長い指に、繊細な指遣い。触れられているだけでくすぐったくて、身じろぎするけれど。彼女が逃がしてくれないことは、知っている。

「ほら、鳴いてみれば。わかばなら鳴けるでしょ」

私は犬か何かだと思われているんだろうか。

喉があんまり関係なくなっている気がするけれど。

そんなに聞きたければ、聞かせてやろうかと思う。

「……わん」

私は小さく呟《つぶや》いた。

花火の音が遠くから聞こえて、照らされた小牧が微《かす》かに目を見開く。どこか金色に輝いているようにも見えるその瞳は、それでも普段と変わらず私を映していた。

「……変態」

「梅園に言われたくはないんだけど」

「せっかく鳴いたんだから、お手でもしてみれば」

彼女はそう言って、手を差し出してくる。

「ほら、わかば」

促す声に誘われるように、私は彼女の左手に自分の手を重ねた。

そのままくるりと掌《てのひら》をひっくり返して、彼女の手の甲を見てみる。やっぱり、私の名前は消えていた。

私は小さく息を吐いて、彼女の手を持ち上げる。そして、そのままそっと手の甲に唇をつけて、舌を出した。

人の肌を舐《な》める感触というのは、存外大したことがない。

視覚的な変化もほとんどないに等しいし、まして小牧は恥ずかしがりもしない。私は自分がひどく馬鹿げたことをしていると自覚しながらも、それでも彼女の手の甲に舌を這《は》わせる。

確かに、変態かもしれない。

こんなことがしたいわけではなかったはずなんだけど。その白くて穢《けが》れがない手の甲が、嫌だったのかもしれない。

どんな痕跡も全部消えて、元通りになってしまった手が。

明日には消えて無くなってしまうかもしれない私たちの関係のようで、胸が苦しくなる。

……でも、それは。

馬鹿みたいだと思う。油性ペンの跡がどうのってだけでこんなに悩める私は、意外にセンチメンタルなのかもしれない。他人事みたいに思ってみるけれど、それで不安が消えることなんてなくて。

わからない。

消えてしまえばいいと思う。小牧との思い出とか、彼女にされたこととか。早く縁を切って、自由になりたいとも思う。でも、私は。

まだ小牧の本当の顔を見ていない。小牧のことを全然知っていない。わからないことだらけで、彼女を知ることができない今が嫌で。だから、もう少しだけ。来年の花火を一緒に見るまでは。

それまでは、彼女と関わっていたいと、きっと思っている。

「……もうおしまい？」

いつも通りの顔で、彼女が言う。私はゆっくりと、彼女から手を離した。

こういう時くらい、見たことのない表情を見せてくれればいいのに、と思う。

それさえ見られれば、私は。きっと、彼女と縁を切ることにもっと前向きになれるはずなのに。

私は彼女の薬指を見つめた。

この指に、跡を残すことができれば。たとえそれが明日消えるかもしれなくても、多少の満足感は得られるのかもだけど。

小牧が痛い思いをするのは、やっぱり嫌だから。嚙《か》めないし、跡を残すことなんてできない。

もっと思い切りが良ければ、何かが変わったのだろうか。そんなことを思いながら、私は笑った。

「……うん、もういい。人のこと舐《な》めても、楽しくないってわかったし。やっぱ梅園って異常なんだね」

「何それ」

「だって、しょっちゅう私のこと舐めてくるし」

私はそう言って、さっきの彼女の真似《まね》をしてラムネを開けた。

その瞬間、ラムネが瓶から噴き出して、私の手を汚す。

瓶を持っていた左手が、ベタベタになってしまった。私はバッグからティッシュを取り出そうとしたが、すぐに手が止まった。

小牧に手を取られたからだ。

「動かないで。お返し、するから」

「え」

小牧はそう言って、私の手に舌を這わせ始めた。

私の舐め方とは違う、嫌な感じの舐め方だ。私の様子を窺《うかが》うように、手を通じて全身をぴりぴりさせてくるように。強く、弱く、ゆっくりと、激しく。指の股まで舐めてくるから、体がぞわぞわしてくる。

私は体が震えるのを感じながら、小牧にかける言葉を探した。変態と言ったら、いつも通りの反応が返ってくると思うけど。

必死になって私の指を舐める小牧を見て、気が変わる。

「私の指、そんなに美味《おい》しい？」

「美味しくはない。短いし、太いし」

「……む」

誰の指が短くて太いのか。

小牧ほどじゃないにしても、私だって指の長さとか爪の形を褒められることくらいある。例によって、褒めてくれるのは茉凛だけだけど。

「……これで終わり。わかば、気持ちよさそうだったね」

「手舐められて気持ち良くなる人間がどこにいるの」

気持ちいいとか、悪いとか。そういう問題ではないと思う。

ただ、左手を舐め合ったことで、少しだけ心のざわめきが鎮まるのを感じた。千切れかけていた糸が、もう一度繫がったみたいな感じ。馬鹿みたいだとは、思うけど。

またすぐこの感触も、消えてしまうのに。

それでも私はにこりと笑って、ラムネを一気に呷《あお》った。

夏の味が喉を通り抜けると、心まで夏らしくウキウキしてくるような感じがする。小牧の心も、そうであったら。

「……行こう、梅園。他にもいくつか買って、会場に戻ろうよ」

「……いいけど」

私は立ち上がって、彼女に手を差し出した。

宙ぶらりんだった右手は彼女に支えられて、少しだけ落ち着きを取り戻したような気がする。

私はそっと、彼女の手を握った。

握り返されることはないし、彼女が新しい顔を見せてくれるわけではないけれど。でも、繋がれた手にちょっとだけ満足して、私は歩き出した。

花火の音が、遠くて近い。

今聞きたいのは花火が打ち上がる音ではなくて。少なからず感情が含まれているであろう、小牧の呼吸の音だ。それに耳を澄ませながら、夜を歩く。

頑張って聞こうとしても、あんまり彼女の音は聞こえなかった。それでも繋がれた手の温かさは、嘘《うそ》偽りではなかった。

「……あ」

しばらく歩いていると、不意に小牧はお面の屋台を見て声を上げた。彼女の視線の先には、例のシャーペンに描かれたものと同じキャラクターのお面がある。

私たちが小さい頃に流行《はや》っていたアニメで、主人公は魔法使いの女の子だった。私もそれに憧れて、魔法使いになりたいなんて思ったことがある。

懐かしい心地になって、私は少しお面屋に近づいた。

「いらっしゃい。どれにする？」

ちょっと見たかっただけなのだが、威勢のいい声を浴びせられると、買わなきゃいけないような気がしてくる。

高い買い物じゃないから、いいか。

「欲しいのある？　特別に買ってあげるよ。なんかお揃いでつけたら面白いかもよ」

「別に、ない」

小牧は無感動に言った。高校生にもなってお面できゃっきゃと喜ばれても困るが、こうも可愛げがないのもどうかと思う。

仕方なく私は、件《くだん》のアニメキャラのお面を買って頭につけた。なんだかひどく浮かれた見た目になっている気がするが、それも祭りの醍醐《だいご》味《み》だと思うことにする。

「ほら、見てみ。主人公っぽいでしょ」

「主人公っていうか、顔が馬鹿。アイス落として泣く子供役の方が合ってると思う」

「何を言うかこら」

「その言動がもう主人公じゃないし。チンピラに転職したら？」

彼女はいつもと変わらない声色で言った。こういう会話をしていると、少し落ち着く。今の私と小牧に一番適した距離感というか、関係というものは、こういう感じなのだと思う。

どうなんだろう。

ぶつかり合って、嫌がらせもされて、たまに普通に話したりもして。色々嫌なことも言われるけれど、結局私は、この時間を心から嫌だとは思ってない。

いや、むしろ。

彼女の隣で、こうしてくだらない話をすることに、居心地の良さすら感じているのだろう。だから私は、まだ彼女と一緒にいたいと思っているのだ。

「昔はさ。魔法使いになりたかったんだよね。可愛いし、かっこいいし。まあ、そんなのなれないってわかったから、自分なりに生きようってなったんだけど」

ふらふら歩いていると、花火の光が目に入る。そろそろクライマックスが近いらしく、打ち上がる花火の量が先ほどよりももっと増えてきている。

「魔法使いだったら、どんな人も笑顔にできたのかなぁ」

小牧は何も言わない。ただ無表情で私を見ている。

私は彼女に微笑《ほほえ》みかけた。

「梅園は魔法使いになりたいって思ったこと、ある？」

小牧は目を細めた。

「ないよ」

「うえー。夢のない子供だ。一回くらいないの？　ほんとに？」

「しつこいし」

小牧は鬱陶しそうに眉根を寄せた。

「じゃあ、なんでこれ、私と見てたの」

私は頭のお面を指差した。小牧は私を見下ろしている。

「わかばが見せてきたんじゃん。私は興味なかった」

「まあ、そうか」

確か、お揃《そろ》いのシャーペンを買おうと提案したのも、私の方だったと思う。好きでもないアニメを薦められて、シャーペンも買って。そういう積み重ねが、小牧の中に嫌いという感情を育てていったのかもしれない。

でも、あのシャーペンをまだ小牧が持っているのは確かだ。

それだけが確かなことで、なんで持っているのかもわかっていないから、結局何も言えないんだけど。

ふらふら歩いて、彼女の横顔を見つめる。

どんな会話をしても、ほとんど変わらない表情。私はその横顔に、差異を見出《みいだ》したいと思っている。

「最近の祭りって、昔より屋台のバリエーションが増えたよね」

「全部子供騙《だま》しだけどね」

「いいじゃん、それでも。せっかくの祭りなんだから、騙されないと損だよ」

「わかばって、絶対当たりくじなんて入ってないのに、くじ引きやるタイプでしょ」

「そこにロマンがあるならね」

「何それ」

空を埋める花火の量が増えている。

立ち止まる人の数も多くなってきていて、祭りの終わりも近いと感じた。せいぜい数時間で終わってしまう祭りは、寂しさと楽しさがセットになっている。

こうして花火を見ていると楽しいけれど、終わりがすぐにやってくるのがわかっているから、寂しい。

私が小牧と接している時、胸がずきずきしたりぐるぐるしたりするのは、それと同じなのかもしれない。いつ終わるかわからないこの関係に、ある種の矛盾する感情を同時に抱いているのだ。

まだ一緒にいたい。でも、早く彼女と別れたい。ちゃんと、勝負に勝って。

それがいつになるかは、わからないけれど。

ずっと一緒にはいられないし、いるつもりもない。小牧もそれは同じだろう。私と違って、小牧が寂しいと思うことはないんだろうけど。

私たちは、手を繋《つな》いだまま夜の街を歩く。

会場まで戻るのにさほど時間はかからなかった。二人きりでいたかったわけではないけれど、茉凛たちのところに戻ったら、また小牧は猫を被《かぶ》り始めるから。それが少し嫌で、私は思わずため息をついた。

「おかえり、二人とも。遅かったねー」

「ごめん、ちょっと選ぶのに時間がかかっちゃって。はい、これ」

「ありがとうございます！」

「たくさん食べて大きくなりなよ」

「そういうことなら、わかばも一緒に食べたら？」

「んー……。まあ、そうだね。せっかくだし食べようかな」

私は夏織の隣に座って、屋台で買ってきた焼きそばを一緒に食べ始めた。夏織は空で弾けている花火よりも、食べることの方が大事なようだ。空には見向きもせずに、ひたすら焼きそばを啜《すす》っている。

こんな感じだけど、夏織も小牧の前では猫を被るし、意外と恋人とかできたら食欲も抑えるのかなぁ、と思う。

ぼんやり夏織を見ていると、隣に茉凛が座ってくる。ちらと茉凛の方を見ると、薄明かりに照らされた浴衣が綺麗だった。

「その浴衣って、どこで買ったの？」

「気になる？　今度連れてってあげるねー」

「お小遣いじゃ浴衣は買えないかもだけど——」

その時、花火の光が空を埋め尽くした。

金色の上に赤や白、緑が重なって、空があっという間に違う世界になる。どうやら、もうクライマックスらしい。

来年も花火大会は開催されるはずだけど、今年のはもう終わりだ。そう思うとやっぱり、少し寂しい。明るくなった夜空をぼんやり眺めていると、後ろから手を引かれた。立ち上がって後ろを見ると、小牧に手を引かれているのがわかった。

遠い夜空に見下ろされた明るい色の髪が、天使みたいに輝いている。

だけどその顔は、不機嫌な人間そのものだ。天使ならきっと、もっと柔和な笑みを浮かべていることだろう。私は彼女の頬《ほお》を引っ張って、無理やりにでも笑わせてみようかと思った。

思ったけれど、何もできない。

何かをする前に、小牧にキスをされたから。

今日は小牧に行動を妨害されることが多い気がする。そんなことを思いながら、舌を搦《から》め捕《と》られる。

呼吸が止まるのを感じた。

すぐ近くに二人がいるのに、小牧はいつもよりずっと粘着質で、長いキスをしてくる。ゆっくりと、消化するように舌を絡められると、段々腰が引けてくる。だけど小牧は私の腰に手をやって、逃げられないようにしてきた。

連発する花火の音に隠すように、小牧は大きく音を立ててキスをしてくる。リップ音に、水音。脳を侵食してくるようなその音は、私には花火の音よりもずっと大きく聞こえた。

湿った音の奥に、小牧の息遣いを感じる。余裕がなさそうで、でも、気持ちいいのかなって感じる荒い息。私は、その音を聞きたかったのだ。表情に滲み出ることのない、隠された感情が混じった吐息。

私は静かに、彼女のキスに応じた。

同じように舌を絡ませて、彼女の腰の辺りに手をやる。

いくら皆が花火に注目しているからって、外でこんなにキスするべきではないとわかってはいるのだけど。

止めても無駄だってことも、わかっている。

私がキスに応じたのは、それだけが理由ってわけではないけれど。

「は……梅、園」

「何、わかば」

「花火、もう終わるから。やめて」

「花火が終わっても、二人にバレなければ大丈夫でしょ」

彼女はそう言って、私の唇を啄《ついば》んでくる。

遠くから聞こえていた花火の音が、止まる。

彼女はそれに合わせるように、私を解放した。

「……冗談。わかばにキスしてるところなんて見られたら、私の沽券《こけん》に関わる」

「舐《な》めとんのかおい」

とん、と胸を押される。

私は彼女の顔を見上げた。相変わらずの無表情だけど、いつもより頬が上気している気がする。花火の見過ぎで、目がおかしくなっているだけかもしれないけれど。

小さく息を吐いて、小牧の手を思い切り引っ張る。

傾いてきた彼女の唇に、私はキスをした。

リップ音を響かせるように、何度も。

「何、して」

「バレなければいいんでしょ？」

「馬鹿じゃないの」

小牧は眉を顰《ひそ》めて言う。

小牧を少しは驚かせられたなら、私は満足だ。にこりと笑って、私は小牧から離れた。

茉凛と夏織の間に戻って、残り僅かの花火を眺める。その間後ろから視線を感じたけれど、それ以上何かをされることはなかった。

楽しい時間はあっという間に過ぎるとは言うけれど。

そこまで楽しかったかわからない時間もまた、瞬く間に過ぎた。

私たちは会場から離れて、夜の街を歩く。祭りは終わってもしばらくの間、人々の心に熱を残す。その熱に浮かされた私たち人間は、中身のない会話に興じたり、祭りのことを振り返ったりするくらいしかできない。

「いやー、楽しかったねー」

「ほんと。花火も結構見られたし、今日は満足」

茉凛の言葉に、私が応じる。

「ほんとほんと！　綺麗だった！」

「夏織ちゃん、ほんとに花火見てた？　最後らへん、焼きそばばっか見てた気がするけど ー」

「心の目で見てたから！」

……小牧さんは楽しめました？」

「まあまあ、花火の楽しみ方は人それぞれってことで。小牧さんは楽しめました？　……

小牧さん？」

　小牧は白いトートバッグを何やらごそごそ漁《あさ》っていた。バッグの中をずっと見ているけれど、大丈夫なんだろうか。バランスを崩して転びそうで気が気じゃない。

　小牧のことだから、転んだりなんかしないだろうけど。

「梅園」

「ん、え」

　私が呼ぶと、返事になっているのかそうでないのか微妙な声を漏らす。一体何があったのか、彼女は挙動がおかしい。

　振り向いてこちらを見る彼女の顔は、どこか青ざめているように見えた。

　バッグを見て青ざめるってなんだろう。花火の残骸が落ちてきてバッグが黒くなってしまったのか、私がたこ焼きに息を吹きかけ過ぎて、鰹節《かつおぶし》やら何やらがバッグに飛んでしまったのか。

「楽しかった？」

「……うん。楽しかったよ」

「良かったです！　来年もまた来ましょうね！」

「……今回は行けたら行くとか言ってたのに、いきなり乗り気になったね」

「そりゃあ、小牧さんが来るならね」

「梅園が来なくても、私が来るんだから来なよ」

「わかばが？　……ぷっ」

「何笑っとんじゃ」

小牧は笑みを浮かべているけれど、目の奥が全然笑っていない。私はその様子を見て、何かを落としたんだと気がついた。

小牧がものを落とすなんて珍しいけれど、多分、自分からそれを言うことはないんだろう。どうせ小牧のことだから、プライドがどうのとかで、皆と別れてから捜しに行くに決まっているのだ。

こういうときに素直に言葉を口にできるなら。泣きたいのに泣けない人間にはなっていなかっただろう。

私はため息をついた。

「……あ」

何かに気づいた風を装って、私は声を上げる。三人の視線が、私に向いた。

「ごめん、ちょっと忘れ物した。取ってくる」

「一緒に行こうか？」

夏織が聞いてくる。私はかぶりを振った。

「ううん、大丈夫。先帰っていいよ。ちょっとお腹《なか》の調子も悪くなってきたし、時間かかりそう」

返事を待たずに、歩き出す。

小牧が何を落としたかなんて、わからないし知らない。キーケースとか財布とか、そういうのではない気はするけれど。

水族館に行った時、バッグの中で見つけたシャーペンを思い出す。今日の小牧はあのバッグを持っていないのだ。わざわざシャーペンを移したとも考えづらい。じゃあ、なんなんだろう。

もしかしたら落とし物をしたなんていうのも、私の勘違いかもだけど。

でも、１％でも可能性があるなら、私が捜さないと。こうしている間にも、落とし物が見つかる確率はどんどん下がってきているだろうし。

私は落とし物を扱っているらしい中央センターに行ってみるが、小牧のものは見つからなかった。たこ焼き屋の近くやお面屋の近くを捜してみても、あるのはゴミくらいだ。私はそれを拾って近くのゴミ箱に捨ててから、会場に向かった。

私たちが座っていた辺りを捜してみると、何かが落ちているのが見えた。

それは、シャーペンだ。割れてほとんど粉々になっているけれど、小牧が持っていた青のシャーペンに間違いない。私はそれを拾って、ポケットに入れた。

どうして小牧は、わざわざ今日、このシャーペンを持ってきたんだろう。そして、私は。この割れたシャーペンをどうすればいいのだろう。

割れたシャーペンを見せたら、小牧はどんな反応をするのか。悲しそうにするのか、いつも通り無表情でいるのか。わからないけれど、見せたくない、と思う。

「わかば!」

切羽詰まったような声が聞こえる。声のした方を見ると、小牧が息を切らして走ってきているのが見えた。

私は思わず、ポケットの中に手を入れた。

「あ、梅園だ。もしかして私の忘れ物、一緒に捜してくれるの?」

「……忘れ物したって、嘘《うそ》でしょ。なんでそんな嘘ついたの」

「嘘じゃないって。実際、財布落としてたしね」

適当なことを言って煙《けむ》に巻こうとしたけれど、無理そうだった。

小牧は私の言っていることが嘘だと見抜いているらしい。私を見下ろす瞳は、いつもよりちょっと怖い気がする。

駄目だ、と思う。

小牧にシャーペンを見せたら、絶対に良くないことになる。もしかしたらそれは杞憂《きゆう》で、割れたシャーペンを見ても小牧はいつも通り無表情のままなのかもしれないけれど。

でも。もし、泣きたくても泣けないような表情を浮かべられたら。それは嫌だと思う。

小牧が悲しそうな顔をしているところなんて、もう見たくない。

「……他に何か、見つけてない？」

「ゴミは落ちてたよ。環境のためにちゃんと拾って捨てましたとも」

「そうじゃなくて！」

小牧はいつになく大きな声を出して、私の腕を掴《つか》んでくる。

声をあげそうになるほど、強い力だった。

「痛いから。手、離して」

私は彼女の手を振り払って、歩き出そうとした。その瞬間、彼女に思い切り腕を引っ張られて、手がポケットから出る。

一緒になって、壊れたシャーペンも。

破片同士がしゃりしゃり音を立てて、芝生の上に落ちる。私は何も言えず、目を瞑《つぶ》った。

「……ぁ」

掠《かす》れた声が、確かに鼓膜を震わせた。

耳が痛い。もう見なくたって、どんな顔をしているのかわかる。私は、静かに目を開けた。

小牧がしゃがみ込んで、壊れたシャーペンを手に取っている。

「……誰か、踏んだみたい」

私の言葉は聞こえていないのか、彼女は背中を丸めてシャーペンを見つめていた。

「泣かないでよ、梅園」

「なんで、そうなるの。泣くわけないでしょ、こんなことで」

彼女はシャーペンをバッグにしまった。その手は微《かす》かに震えている。

「なら、いいけど」

沈黙が訪れる。花火が終わり、三々五々散っていく人々は、私たちを見ることなく横を歩いていた。

「そんなにあれなら、私のやつあげるよ。……まだ、捨ててないし」

「いらない」

「……そ」

小牧にとって私との思い出は、どういうものなのだろう。忘れたい汚点なのか、大事にしたいものなのか。

好きでもないアニメのシャーペンが壊れただけでここまで取り乱しているのは。彼女も少なからず、私との思い出を大事にしたいと思っているってことなのではないか。

でも、彼女は私のことが嫌いで、私を傷つけようとしていて。

だけど、しかし、それなら。

わからない。考えたって答えが出ない。どれだけ理解しようとしたって、小牧の複雑な心を理解することなんてできるわけがない。

それでも知りたくて、でも、知ろうとすればするほど遠ざかる感じがする。繋がらない。小牧の行動は矛盾が多過ぎて、彼女と関われば関わるほど、その輪郭がぼやけていく。

「なんで、わかったの」

今更とぼけても、きっと無駄だ。

「わかるに決まってるでしょ。あんなに挙動不審になってたら。……何か大事なもの、落としたって思うよ」

「……どうして」

小牧は震える声で言う。こういう声は、初めて聞いた。

「どうしてわかばは、私に優しくするの」

「優しくなんてしてない」

「優しいじゃん。いつも優しい。わかばから与えられるものは、全部」

小牧がそう感じているとは、思っていなかった。私はいつもと違う小牧を前にして、何も言えなくなりそうだった。

「わかんないよ。わかばのこと、何も。私がわかばの立場だったら、絶対私に優しくなんてしてないのに。わかばは一体、なんなの？　私は……」

私が何かなんて、私にもわからない。

私が小牧を傷つけたくないのは、彼女の悲しむところとか痛がっているところとかが見たくないからで。それは嫌いになっても、ずっと変わらない。

私はただ、小牧の笑っているところが見たいだけなのだ。小牧が幸せになってくれるなら、それでいい。そう思うのはなぜか、なんて。考えたってわかるわけがないけれど。

……本当に？

小牧が完璧じゃなくても、友達になっていた。

そんな自分の言葉が思い返される。

自分は人間じゃないかもしれないと悩む、全てが完璧に近い小牧と私は友達になった。

そんな彼女だから、笑顔になってほしくて。

だけど、もし彼女がただの人でも、私は笑顔になってほしいと思っただろう。

だって、それは。

小牧は。小牧は、私の――

「小牧は私の、大好きなお友達だったから」

「……え？」

小牧は私の、大好きなお友達だから。

きっと、あの時私が口にしたのは、そんな言葉だったはずだ。ここにきてようやく、思い出した。

そう。そうだ。あの頃の私は、小牧のことが好きだった。友情を感じていて、いつも一緒にいたって飽きなくて。だから、たとえ小牧が今とは違う小牧でも、きっと友達になれたと思っていたのだ。

小牧が小牧で、私が私なら。

私はどんな小牧だって大好きになったし、小牧もきっとそうだと、かつての私は信じていた。

「だから。……だから私は、小牧には泣いてほしくないし、悲しい思いはしてほしくない」

「何、それ。わけ、わからないから」

「うん。私も多分、わからない。……でも、私は。小牧には、笑ってほしいし幸せになってほしいって思ってる。嫌いだし、歪《ゆが》み過ぎてて わけわからないし、最低なことするし、本当に大っ嫌いだけど。……それでも」

私は何を言っているんだろう。

祭りの空気にあてられて、おかしくなっているのかもしれない。疑問は言葉を止まらせるまでには至らなくて、結局私は口を動かし続けていた。

「それでも、小牧はずっと、私の友達だったから」

「……っ、嫌い」

小牧は私の胸を押して言った。

痛い。いつもより、ずっと。

「嫌い。大っ嫌い。わかばのそういうところが、私は。……本当に、嫌い」

知っている。

小牧が私を嫌っていることくらい、ずっと前から。それでも私は小牧をもう二度と傷つけたくなくて、だけど、小牧は私を傷つけたくて。

そうして、お互い嫌い合っているのにこうして関わり続けている。

私たちはどうしようもなく矛盾していて、わけのわからないことになっている。この絡まった糸のような関係を一つ一つ解きほぐして、矛盾を取り除けたら。そう思うけれど、きっと無理なんだろうと思う。

「……帰るから。わかばはずっと、そこにいれば」

小牧はそう言って、私に背を向ける。

帰る方向は同じなんだから、一緒に帰ればいいのに、と思う。でも、今の小牧と一緒にいるべきじゃないってことはわかる。

だから私は、手を振った。

「ばいばい。……また明日」

小牧は答えない。

そのまま歩いて行ってしまうから、私は仕方なく、違う方向にゆっくりと歩き出した。

昔の先輩みたいに、小牧がもし、手を振り返してくれたら。そう思うけれど、きっとドキドキしたりとか、そういうのはないんだろうと思う。小牧は小牧で、先輩は先輩だ。全然似ていないし、同じようなことをされても、抱く感情は違う。

他の誰かに言われたらあっそって思うようなことでも、その人に言われたら嬉《うれ》しい。

小牧は前に、そう言っていたけれど。もし小牧に、大好きだと言われたら。その時私は、どんなことを思うんだろう。

夜の闇の中を歩いていると、不意にスマホが震え出す。

画面を見てみると、小牧からのメッセージが届いていた。

『また明日』

顔文字とか、スタンプとか。そういうのが一切ない、無骨なメッセージ。

私は思わず笑って、メッセージを返した。

『うん、また明日』

スマホをバッグにしまって、空を仰いでみる。

さっきまでの光が嘘だったみたいに、夜空は暗く閉ざされていた。思い返されるのはクライマックスの綺麗《きれい》な花火じゃなくて、小牧とのキスだ。

気持ち良かったとかまたしたいとかはないけれど。私は自分の唇に手を当てた。

小牧との思い出が増えれば増えるほど、心が圧迫されて、私がいなくなっていく。だから彼女とは一緒にいるべきじゃない、と思う。だけど、それでも私は、まだ彼女と一緒にいたい。

最低で、わけがわからなくて、歪んだ彼女と。

もっと彼女と同じ時間を過ごして、彼女のことを知りたい。

そうじゃないと、きっと駄目なんだと思う。

明日になったら、もしかすると私の心は変わっているのかもしれないけれど。それでも私たちは、また明日と言葉を交わした。なら、きっと。私たちは明日も顔を合わせて、同じ時間を過ごすんだろう。

それなら、いい。

私は自分の胸に手を置いた。この胸にある感情がいつか消えるのだとしても、それはきっと今日ではないし、明日でもないはずだ。だから、今は。彼女のことを考えていたい。

私は遠回りをして、家までの道を歩く。

祭りが終わった後の街は、当然かもしれないけれどいつもよりどこか落ち着かない雰囲気に包まれている。

皆、祭り気分がまだ胸に残っているのだろう。道行く人の足取りも、どこかふわふわして見える。

「わかば」

ふと。

知っている声が、いつもとは違う響きで、鼓膜を震わせる。

今どこにいるかわからない小牧ばかりを映していた瞳が、ようやく現実を映し始めた、ような気がした。

自然と少し顔を上げると、そこには茉凜が立っていた。

「茉凜？　先、帰ったんじゃ……」

「うん。だから偶然だね、わかば」

茉凜はいつものように、ふわりと笑う。

偶然というより、私を待っていたように見えるけれど。でも、どっちでもいいかと思い直す。

茉凜は私の方に駆け寄ってくると、そのまま腕を絡ませてきた。

「せっかくだし、一緒に帰ろ。……お腹《なか》の調子は、大丈夫？」

「うん。ちょっと、食べ過ぎちゃっただけだから」

「そっか。落とし物は、見つかった？」

忘れ物ではなく、落とし物と言うのはどうしてなのだろう、と思う。

もしかして、茉凛は小牧が何かを落としたのだと察しているのだろうか。いや、だとしても。

「見つかったよ。だから、大丈夫」

「んー。そっか」

茉凛は何かを考え込むような顔をしてから、柔らかな笑みを浮かべた。

そのいつもと変わらない笑みは、重くなった私の心を少しだけ軽くしてくれる。かけてくれる言葉も、向けてくれる笑みも、茉凛は前から変わらない。だから私は、彼女の前でだけは。以前と変わらない私でいることができている、と思う。

「……わかばも来年は、浴衣着てみたらー？　きっと似合うよ」

「そうだね。その時は茉凛におすすめ、教えてもらおっかな」

「いいよー。来年も皆で来ようねー」

どこか現実を捉えきれていないような、実体のない会話が続く。茉凛はそれでも楽しそうに、にこにこ笑っていた。

優しいというか、柔らかいというか。

やっぱり茉凛の笑みには、人を癒《いや》す効果があると思う。小牧が他人に見せるわざとらしい笑みとは大違いだ。

でも、彼女も心から笑えれば、きっと、もっと。

「ねえ、わかば？」

「何、茉凛」

「わかばー？」

「……茉凛？　どうしたの？」

「えへへー。呼んでみただけー」

茉凛はそう言って、私の腕を優しく引いてくる。絡まった腕同士が触れ合って、少し汗ばんだ感触がした。

小牧とは違う感触だ。

当たり前だけど、柔らかさだとか、体温だとか、その感じ方だとか。全部が違って、でも、落ち着く。

暑いのは確かなんだけど。

「わかばって、可愛い名前だよねー」

「そうかな。それを言ったら、茉凛の方が可愛い名前だと思うけど」

「そうー？　ふふ、それならよかった」

真夏の夜。肌にまとわりつくような暑さを感じながら、茉凛と腕を絡ませて歩く。その柔らかさとお菓子みたいな甘い匂いが、確かに茉凛が隣にいるってことを教えてくれる。

友達となんでもない会話をしながら歩くのは、やっぱり楽しい。気づけば私は、自然と笑みを浮かべながら茉凛と話していた。

楽しかったかわからないような時間も、結局は早く過ぎるけれど。

楽しい時間は、もっとあっという間に過ぎるものらしい。気づけば茉凛の家の前まで辿《たど》り着いていた。

小牧と別れてから、もう十分以上経《た》っている。私が最後に送ったメッセージには、何か返信が来ているだろうか。

確認しようと、ポケットに手を伸ばそうとした時、茉凛の顔がすぐ近くまで迫ってきた。息がかかるほど、近い距離。

大きな瞳が、私を映していた。意外なまでに強い目力は、彼女の意志の強さを表しているようで。

その瞳に目を奪われている間に、スマホに伸ばした手をきゅっと握られる。

指と指が絡んで、離れなくなった。小さいけれどしなやかで、柔らかな指の感触。さっき手を繋《つな》いでいた時とはまた違う優しさのようなものが、その指先から感じられる。

「駄目だよ、わかば。今日は注意力散漫すぎー。他の人のことは、今じゃなくても考えられるでしょ？」

静かな声。私は小さく息を吐いて、彼女の手を握り返した。

「……そうだね。茉凛に集中するよ」

「うん、ありがとねー。もうちょっとだけ、話そうよ。せっかく偶然会えたんだしねー」

茉凛はそう言って、私の両方の手を握る。

そして、不意に彼女の視線が、私の左手で止まった。

どきり、とする。

「左手、ちょっと黒くなってるね」

「え、気づかなかった」

私の名前を書いたり、小牧の名前を書かれたり。

そういうことをしたって茉凛に知られるのは、まずいと思った。小牧との関係は隠すべきだ。誰かに知られたらその時点で私の学校生活は終わりだし、何より、親友の茉凛にだけは絶対に知られたくない。

茉凛とは、ずっといい友達のままでいたいのだ。

「……わかばって、悪女にはなれないタイプだよねー」

「え」

「……でも、そういうところが、好き」

茉凛は目を細めて、子猫のように笑う。

悪女になれないって、なんだろう。嘘《うそ》が下手っていうことだろうか。確かに私は昔から基本的に単純に生きてきたから、うまい嘘のつき方なんて知らない。

自分の気持ちにならいくらでも嘘がつけそうなのに。

私は少し、目を伏せた。茉凛には、本当のことだけ言いたいけれど。

「……あれ？　わかば。ちょっと、顔上げて？」

茉凛は目をぱちくりさせた。私の顔に、何かついているんだろうか。疑問に思ったけれど、小牧ではなく茉凛の言うことなら、疑う必要もないだろうと思い直す。

私はそっと、顔を上げた。

その瞬間、彼女の右手が私の顔に伸びてきて、そのまま親指が唇を滑った。右から、左へ。

「やっぱり。わかば、ちょっと唇荒れてる」

「ほんと？」

「ほんとだよー。ちゃんと寝る前にリップとか塗ってる？」

「夏だから、塗ってないけど……」

「それは駄目だよー。乾燥するのは冬だけじゃないんだから。もー、じっとしててねー？」

そう言って、彼女はポーチからリップを取り出して、私の唇に塗ってくる。少し角の方が削れたリップからは、果物みたいな匂いがした。

塗られている間、何をすることもできず、ただ茉凛を見つめる。

茉凛は真剣な顔で私の唇にリップを塗っていた。そこまで真剣にならなくても、と思う

けれど。でも、美容に気を遣っているであろう茉凛には、友達の唇が荒れていることが許せないのかもしれない。

少し、むずむずする。

だけど、茉凛が私のために真剣になってくれるのは、嬉しいと思う。

「はい、塗れたよ」

「ありがと。私もちゃんと、リップ買わなきゃ駄目だね」

「持ってないのー？　しょうがないなぁ。これ、あげる」

茉凛はそう言って、今塗ってくれたリップを私の手に握らせてくる。

私は目を瞬《しばたた》かせた。

「え。いいの？」

「うん。これ、結構おすすめだから。後で商品ページも送ってあげるねー」

「何から何まで、悪いね」

「私とわかばの仲ですからー。……ふふ」

いつもとは少し違う笑みを浮かべてから、茉凛は私から手を離す。

そして、束《つか》の間《ま》の沈黙が訪れた。彼女は家の扉の前まで歩くと、私に手招きしてくる。

茉凛はそのまま扉の横に座って、私にも座るよう促してきた。

私は茉凛の横に座った。

「こうして二人で並んで地面に座るって、青春っぽいよねー」

「そうかもね。これで綺麗《きれい》な星とかが見れたら、満点だったかも」

「あはは、確かにー。花火は見れたけど、星は全然だもんね」

ぽつぽつと、私は茉凛と会話を交わす。

明日になったら忘れてしまうようなくだらない話から、前に何度も話したことのある話題まで。しばらく話した後、私はゆっくりと腰を上げた。

友達と一緒にいると、ついつい時間を忘れてしまう。

ずっと話していられそうだと思うけれど、あんまり遅くなると親に怒られる。怒られたって、昔みたいに泣いたりはしないけれど。

私は名残惜しさを感じながらも立ち上がった。

また、明日も会えるから。別れを過度に惜しむ必要は、ないと思う。

「そろそろ、帰らなきゃ」

「……そっか」

茉凛は目を細めて、私の右手をぎゅっと握った。それから、徐々に力を弱めていって、最後にふっと微笑《ほほえ》む。

「わかば。私は、わかばの味方だから。困ったことがあったら、いつでも相談してね」

その微笑みは。

まるで、私の全てを見透かしているかのようで。

私は少しだけ、息が詰まった。

「ありがとう。じゃあ、また明日」

「……うん。またねー」

私の悩みは、ほとんどが小牧に関するものだ。小牧との関係を明かせない以上、茉凛に何かを相談するわけにもいかない。

でも、彼女の気持ちは純粋に嬉しかった。

だから私は、彼女に笑い返して別れの言葉を口にした。

帰り道、スマホを見ると、通知が一件来ていた。それは茉凛からのメッセージで、リップの商品ページのURLだった。私はスタンプで返事をしてから、小牧に送ったメッセージを確認する。

小牧からは何も返事がない。

でも、私が送ったメッセージに、既読はついている。返事はなくても、ちゃんと見てくれたならそれでいい。

私は家に帰ってから、あれこれ考えて、結局追加で小牧に『おやすみ』とだけメッセージを送った。

小牧との関係は、先が見えないけれど。

とにかく、彼女が泣いたり悲しんだりするようなことには、ならないといいな。

そう思いながら、私は寝支度をした。

★

制服を着ると、学校が始まるんだなーって感じがする。

九月一日。夏休みは終わり、再び学校生活が始まる。結局夏休み中何度か小牧とは会ったけれど、後半はあまり変なことはされなかった。

左手はすっかり元通りになって、彼女の跡は何も残っていない。だけど、彼女にされたことが心から消えてなくなることはなかった。それがいいことなのか悪いことなのかは、わからないけど。

私はいつもより早く家を出た。見慣れた通学路を歩いていると、ふと、公園が目に入る。

夏休みの初めに、子供たちに逆上がりを教えた公園だ。この公園は、私がかつて逆上がりを延々と練習していた公園でもある。

まだ早い時間だし、ちょっとだけ寄っていこう。

そう思って公園に入ると、見慣れた後ろ姿があった。

「梅園？」

まだ暑さが残るこの季節。火傷《やけど》しそうなくらい熱せられているであろう鉄棒を、小牧が摑《つか》んでいるのが見えた。

小牧は私の声に気づいたのか、振り返ってくる。

「おはよう、わかば。今日は早いね」

「おはよう。梅園も早いね。こんなところで何してるの？」

「鉄棒に触ってる」

「それはわかるけど……」

私は地面にバッグを置いて、小牧が握っている鉄棒よりも低い位置にある鉄棒に触れた。

熱いと思ったけれど、意外とそうでもない。朝だからだろうか。

「せっかくだし、逆上がりでもしてこうか」

「私はしない」

つまらない反応だ、と思う。そこまでノリノリになられても困るは困るけれど。私は鉄棒を摑んだまま、勢いよく地面を蹴った。

スカートがふわりと舞って、視点が回る。

あの頃と違って、もう苦労しなくたって簡単に逆上がりくらいならできる。やっぱり私も、結構成長していると思う。小牧に勝とうと、血の滲《にじ》むような努力をしてきた無数の過去が、今の私に繫がっているのだ。

なんて、逆上がり程度でそう思うのは馬鹿げているかもしれないけれど。

「どう？　相当上手《うま》くできたよ、今のは」

「私よりは下手」

「……む」

小牧は相変わらずだ。

結局小牧は、お揃《そろ》いのシャーペンが壊れても変わった様子を見せていない。落ち込んでほしかったわけではないけれど、大事にしてそうな様子だったのにここまで変わらないと拍子抜けというか、なんというか。

ちょっとだけ、もやもやする。

どうしてあのシャーペンをバッグに入れていたのかは、未《いま》だ聞けないでいる。私との思い出が大事なのだと彼女の口から言われても信じられないし、私をいつか刺すためだと言われても怖い。

だから、聞かない方がいいんだとは思う。

ねじ曲がった私たちの関係の中では、時々言葉が無力になる。それでも言ってほしいこと、聞きたいこと、知りたいことはあるのだけど。

私は地面に降り立った。

一つ小牧について知る度に、三つくらいは知らないことが増えていく。だから彼女のことを本当の意味で理解できる日なんて、来ないのかもしれない。

でも。

「じゃあ、教えてよ」

「は？」

「この前は、教えてくれそうな感じだったじゃん。せっかくだし、梅園に鍛えてもらおうかと思って」

「逆上がりなんて、完璧にできるんじゃなかったの」

「さあ？　そんなこと言ったっけ」

小牧はため息をついて、私の手に手を重ねてくる。

乗ってくるとは思っていなかったけれど、それはそれで好都合だ。私は小牧に逆上がりのコツを教わりながら、彼女の顔を見つめた。

相変わらず、無表情。

でもずっと彼女の目を見ていると、その奥にある感情がわかるような気がする。問題は、それがわかる前に目を逸《そ》らされてしまうことだけど。

「あんまり見られると、気持ち悪い」

「いいじゃん、別に。人と話すときは目を見るのが基本でしょ」

「逆上がりに集中して」

「はいはい」

あの頃、意地を張らずに小牧に逆上がりを教わっていたら、もっと早くできるようになっていたんだろう。

でも、ちゃんと自分の力でできるようにならないと、胸を張って彼女に挑めないと思っていたんだっけ。

結局どれだけ努力しても、胸を張って小牧と関われていないんだけど。小牧を笑顔にする魔法でも使えたら、もっと堂々と生きていられたのかもしれない。現実では、私は彼女にかける言葉を間違えて、それを後悔し続けているのだが。

「ねえ、梅園。覚えてる？」

「何を」

「昔もこうやって、一緒にこの公園に来てたこと」

小牧は答えない。私は小牧の隣で、逆上がりをした。

「あの頃から梅園、マウント癖があったよね。こっちが頑張ってるのに、私は逆上がり余裕でできるー、とか言って」

くすりと笑ってみるけれど、小牧は無言で私のことを見つめるのみだった。見つめ返したら目を逸らされてしまうから、私は彼女を見ていないふりをした。

「でも、なんだかんだちゃんと私の練習に付き合ってくれた」

また地面に戻って、今度は彼女を見つめた。まだ、彼女の視線は逃げない。

「あの頃から梅園、私のこと嫌いだった？」

「……あの頃がどの頃かは、わからないけど。私は最初からずっと、わかばのことが嫌いだった。出会った頃から」

「あはは、そっか」

最初から。

こうして真正面から言われると、やっぱり少し傷つくけれど。今更傷つきました、みたいな顔をするのも嫌だから、私は笑う。

嫌いな相手に、悩みを打ち明けてきたのだとしたら。小牧は随分と変わっていると思う。あるいはあの悩みも嘘《うそ》だったのかもしれないけれど、さすがにそんなことはない、はずだ。

小牧は今まで、嫌いな私とどんな気持ちで付き合ってきたんだろう。どんな気持ちで、私の名前を呼んでいたのか。

そして、あの頃の小牧は、私の目にはどう映っていたのか。思い出せないから、わからない。

「……でも、じゃあ、梅園も優しいんだね」

小牧は眉を顰《ひそ》めた。私の言葉が、そんなに予想外だったのだろうか。

「だって、そんなに嫌いな私に毎日付き合ってくれてたんじゃん」

「それは……優しさとか、そういうのじゃない」

「それでも、一緒にいたのは事実でしょ」

わかっている。小牧が優しさで、私と一緒にいてくれたんじゃないってことくらい。

「だからかな、私があのとき、あんなこと言ったのは」

「何、あんなことって」

私は鉄棒を使って、ぐるぐると回る。

そして、そのままパッと手を離した。

一瞬の浮遊感の後に、足に衝撃を感じた。私は地面に置いていたバッグを拾って、小牧の方を向いた。

「さあ、なんだろうね！　私も忘れちゃった！」

「何それ。絶対嘘でしょ。言って」

「忘れたことは言えないから。ほらほら梅園、そろそろ学校行かないと遅刻だよ！」

「ちょっと、わかば！」

私は彼女の方に駆け寄って、その手を引いた。

もしこの場で彼女を抱きしめたら、あの日のことを思い出してくれたんだろうか、と思う。でも、あの夢が捏造《ねつぞう》である可能性もあるし、何より。

こういう小牧の顔が、見たかったから。

私のことを考えて、頭を悩ませればいいと思う。記憶力が私よりも優れている小牧は、私よりずっと昔のことをよく覚えているはずだ。その記憶の中から、頑張って私が何を言ったのか探せばいい。

そう思いながら、私は彼女の手を引き続けた。

振り返ると、不機嫌そうに物思いに耽《ふけ》る小牧の顔が見える。

あの頃の小牧は、確かに私の友達だった。私の勝負にいつも付き合ってくれて、遅くまで逆上がりの練習をしていた時も隣にいてくれた。

内心がどうであれ、そんな彼女の行動に、私は友情を感じていたのだろう。

だから私は、完璧じゃなくても小牧と友達になっていたと言ったのだ。そして、そういう彼女が、私はきっと大好きだった。

好きって気持ちは恨みに上書きされて、その恨みすら消えてしまった今、私の心に残る感情があるのかは、わからないけれど。

でも、彼女が好きだった頃があったのは嘘じゃない。

「……わかばは、本当に。馬鹿でしょ」

「否定はしないよ」

「……嫌い」

私はそのまま、駅に向かった。

小牧は私の手を握ったまま、私の後ろをついてくる。過去には戻れないけれど、少しだけ、昔の感覚を思い出したような気がした。

私が笑うと、小牧は不機嫌そうな顔をする。

そんな小牧が、今はちょっとだけ。ほんのちょっとだけ、好きかもしれない気がした。

5 彼女の心に残る方法

物心がついてから、わかばとの思い出を忘れたことは一度もない。

小三の頃、わかばに付き合ってよく近所の公園に行っていたこと。小五の頃、わかばにキスしようとして、キスは好きな人とするものだと言われたこと。小六の頃、修学旅行でわかばと同じ班になるために苦心したこと。

わかばは忘れてしまったことでも、私は何一つとして忘れていない。

だから。小三の頃、公園で彼女に言われたことも、全部覚えている。まさか彼女が、覚えているとは思っていなかったけれど。

「……わかば」

喜べばいいのか、悲しめばいいのか。

私は最近、わかばとの関係について思い悩んでいた。

私だけの特別を維持するために、私はわかばの尊厳を奪った。彼女に嫌われるために行動して、消えない傷になろうとしたのだ。

しかし。

最近わかばは、私への嫌いという感情を薄れさせているのではないかと思う。前から思っていたけれど、わかばは私に優しい。

彼女に優しくされること自体は、嬉《うれ》しいのだ。彼女が私のために何かをしてくれるだけで、心が躍る。だが、だからといって、喜んでばかりもいられない。だって、優しくしてくれるってことはその分、私のことを嫌いじゃなくなってきているということになる。そんな気がして。

さすがのわかばも、嫌いな相手にまではそんなに優しくしないと思う。……わかばの優しさは筋金入りだから、嫌いでも優しくするかもしれないけれど。

でも、とにかく嫌われなきゃ駄目なのだ。彼女にはもっと、私のことを嫌いになってもらわないと。

とは、思うものの。

「……はぁ、好き。好きだから、仕方ない……わけも、ないけど」

最近の私は、駄目だった。徹底的に嫌われることをすると決めたはずなのに、うまくいかない。

プールに行った時は、わかばがあまりにも可愛《かわい》かったせいでほとんど嫌がらせはできなかった。デートに行った時も、水族館に行った時も。彼女を楽しませなきゃと思って空回りして、結局行動がぶれてしまった。

そうして空回りする度に、わかばの優しさが心に染みて。

嬉しかった。お揃《そろ》いの服でデートができたことも、彼女が冷ましてくれたたこ焼きを食べられたことも。

だけど、こんな調子じゃ駄目だってわかってもいるのだ。もっと嫌われないといけない。優しくされたいなんて、好きになってほしいなんて、今更思うな。

自分に言い聞かせても、止まらない。

あんな最低なことをしたのに、彼女に好かれるなんて無理だって、わかっているのに。でも、それでも。

知りたい。知ってほしい。優しくしたい。優しくされたい。好かれたい。愛してほしい。彼女をきつく抱きしめて、好きだって囁《ささや》けたら、どれだけ幸せだろう。

私はため息をついて、立ち上がった。

部屋の姿見を見ると、髪がボサボサだった。寝転がったまま彼女についてずっと考えていたせいだろう。

いつ彼女に会うかわからないから、ちゃんとセットしないと。

私はのろのろと立ち上がって、支度を済ませた。家を出ると夏の残滓《ざんし》を感じたけれど、歩いているうちに気にならなくなってくる。

私の足は自然と、近所のショッピングモールに向かっていた。

あのシャーペンは小さい頃の思い出の象徴だった。

わかばと一緒にゲーセンで取ったぬいぐるみも、確かに思い出の品だけど。あれは持ち運べないから、夜限定でベッドに飾って眠るようにしている。

わかばを家に呼ぶかもしれないから、昼間はクローゼットの中に隠しているのだ。わかばとの思い出の品を全部取っておいてあるなんて、知られるわけにはいかないのだから。

私はあのシャーペンをいつも持ち運んでは、時々眺めていた。

あれはわかばとお揃いの、唯一のものだったから。

だというのに、壊れてしまった。幼い頃の私との思い出を他の誰かに見てほしくなくて、わかばにはシャーペンを学校に持ってくるな、なんて言ったが。

私もあまり、持ち運ぶべきではなかったのかもしれない。

一応割れたシャーペンは袋に入れて保存しているが、私とわかばの未来を暗示しているようで、あまり見たくないのだ。

私はショッピングモールの雑貨屋でシャーペンを眺めた。

お揃いのシャーペンを、彼女にプレゼントできたら。そう思うけれど、渡す口実なんてない。だからため息をつきながら、シャーペンを眺めるしかないのだけど。

「あれ、小牧《こまき》さん！」

不意に、通路の方から声がした。

見れば、そこには夏織《かおり》が立っていた。

「奇遇だね、夏織。今日はいつもよりおしゃれしてるんだね」

「はい！　ちょっと実験をしてまして」

「実験？」

「まあまあ、それはいいとして！　小牧さんは何してるんですか？」

「私は……ちょっとね。たまには一人でぶらぶらしようと思って」

私はふと思いついて、彼女に笑いかけた。

「そうだ。暇なら少し私に付き合ってくれないかな」

「……！　ぜひぜひ！　私でよければいくらでも！」

夏織はにこにこ笑いながら言う。

相変わらず、夏織は裏表がないと思う。私に見せているこの態度が裏といえばそうなのかもしれないが、内に秘めた感情とか、そういうものがない。

私はその単純さが、嫌いではない。

この前デートで遭遇した時は、さすがに少し、嫌だとは思ったけれど。わかばが夏織を誘ってしまったせいで、一緒に展望台で夜景を見る計画が台無しになってしまったから。

わかばの言う通り、あの状況で誘わないのもないと思うのだが。しかし、あのデートは展望台で締める予定だったのだ。きっと、その方がわかばは喜んでくれたはずである。

「よかった。じゃあ、行こうか」

「はい！　地の果てまでお供します！」

大袈裟《おおげさ》だ。

私はくすりと笑ってから、夏織と肩を並べて歩き出した。

わかばとのデートの時と違って、他の人と遊ぶときはいつも通りでいられるから楽だ。どう接すれば好かれることができるかは、この数年で熟知している。

それがわかばには通用しなかったから、困っているのだが。

「そういえば、夏織はわかばと仲良いよね」

ある程度彼女と一緒に店を回った後、私たちはカフェで少し休むことにした。

私は何気ない世間話を装って本題を切り出す。茉凛《まつり》に下手なことを聞くと私の内心を見抜かれそうだが、夏織相手ならその心配はない。

茉凛は危険だ。色々な意味で。

油断すればわかばを奪っていきかねない気配を感じるし、何より彼女は人の感情の機微に敏感な気がする。だから彼女の前で、不用意な発言はできない。

「そうですね。なんか、気が合うんですよね。まだ知り合ってからそんな経《た》ってないのに、昔から友達だった感じがするー、みたいな」

「いいね、そういうの。ちょっと憧れるかも」

「小牧さんは、わかばとは長いんですよね？」

「うん。物心つく前からずっと一緒」

「幼馴染《おさななじみ》って、どんな感じなんですか？」

一般的な幼馴染がどうなのかはわからないが、私たちはかなり仲がいい部類だったと思う。わかばはよく私に勝負を挑んできたから、それもあって一緒にいることが多かった。

だからといって、誰よりも彼女のことをよく知っている、というわけでもないのだが。

私はわかばについてあまり詳しくない。だからもっと多くのことを知りたいと願っている。たとえそれで自分がぶれて、行動に矛盾が生じるとしても。わかばのことが好きだから、全てを知りたい。私が一番、彼女のことを知っていないといけないと思う。しかし、彼女について知るのは容易ではなくて。

摑《つか》めたと思ったらまたわからなくなって、彼女の行動の理由を探して。

彼女の優しさに胸を高鳴らせて、私のことが好きだから優しくしてくれるのかもしれないなんて妄想して、そんなわけないと沈んでいく。

都合のいい妄想に意味なんてないと、ずっと昔からわかっている。だから私は、彼女が私を愛してくれるかもしれないなんて、そんなありえない可能性を捨てて尊厳を奪うことを選んだのだから。

　それが正しかったのかは、未《いま》だわからないままなのだが。

「うーん……家族みたいなものかな。たまに喧嘩《けんか》したりもするけど、一緒に遊んだり、お互いの家に行ったりすることもあったり」

「いいなー。私、男の幼馴染が欲しかったです。家族同然に付き合って、そのまま……みたいな。小牧さんはそういうの、憧れたことありません？」

「ふふ、そうだね。私も憧れたことあるよ。言葉にしなくてもお互いのことをわかり合える関係、とかね」

「わかりますわかります！　うーん、今からでも幼馴染できないかなぁ」

「幼馴染は無理かもしれないけど、夏織ならきっといい彼氏ができると思うよ。夏織と一緒にいると楽しいしね」

「小牧さんにそこまで言ってもらえるなんて……。私、頑張ります！　彼氏の二人三人くらい作って、貢がせてみせます！」

「あ、あはは……」

　わかば以外の幼馴染がいたら、なんて考えたこともなかった。どんな彼氏が欲しいか、とかそういう話も友達と何度かしたことがある。しかし、想像できなかった。

　気づいた時にはもう、私の目はわかばに奪われていた。

私の心に住み着いた彼女は、何をどうしたって追い出すことなんてできないし、追い出すつもりもない。

たとえわかばが、私なんて眼中になくて、いつか私の知らないところで家庭を作るのだとしても。

それでも、私は。

「……でもね、近すぎると見えなくなっちゃうこともあるんだよね」

私は少しだけ、目を伏せてみせた。

「……わかばと何かあったんですか？」

「ううん。そういうわけじゃないんだけどね。家族みたいに付き合ってると、逆にお互いのことを深く知る機会がなくなっちゃって。……私、実はわかばが好きなものとか、あんまり知らないんだ」

「あー。確かに、そういうのあるかもですね。私も中学生になるまでお父さんの名前も覚えてませんでしたし」

それはちょっと違う気がするけれど。

しかし、ずっと一緒にいると、趣味や好きなものが違くともなんとなく波長が合っていくものなのだ。恐らくそれは、無意識のうちに互いの嫌なところやズレのようなものを許容し、心の形を互いに変えていった結果なのだろう。

それ自体は、いいことだと思う。

だけど、合わせてしまった結果、知る機会を失うこともあるのだ。単純に相手が好きなものとか、普段どんなことをしているのか、とか。そういう情報を。

沈黙や退屈を許容できる関係は貴重ではあるものの、それでも好きな相手のことはなんでも知りたくなるのだ。知らないと、彼女にもっと嫌われるのが難しくなる気もする。

「うん。だからちょっと、夏織にわかばのこと聞きたいなって思って」

「私でよければ、なんでも聞いてください！　わかばが普段飲んでるお茶の種類から昼休みの過ごし方まで、全部教えます！」

「ありがとう、心強いよ」

にこりと微笑《ほほえ》むと、夏織はぱっと表情を明るくした。

素直で裏表のないところは、昔のわかばに少し似ている。

「じゃあ……わかばの好きなもの、知りたいな」

「んー。そうですね……」

夏織はいくつかわかばの好きなものを教えてくれるが、それは全部私も知っているものだった。私以外の人間が知っている彼女の情報は、あまりないのだろうか。

そう思っていると、夏織は何かに気づいたようにぽんと手を叩《たた》いた。

「あ、そういえば！　デートはあんまり予定とか決めずにのんびりしたいって言ってました！」

「……そうなんだ」

そういう話は、彼女とデートする前に聞きたかった。

一緒に楽しむために考えてくれたデートなら、それが一番の理想とは言っていたけれど。

私はわかばが楽しくないと楽しくない。

だけど、わかばは私が楽しくないと、自分も楽しくないと言っていた。

だから結局、わかばを楽しませるデートなんてできなかった。そもそも彼女とのデートで、私が緊張せず無邪気に楽しめるわけがない。

わかばの一挙一動が気になって、少しでも楽しいと思ってほしくて。だけど、嫌われなくちゃいけなくて。行動はちぐはぐで矛盾だらけで、着地点を見失っていく。

もしあのデートの日、展望台で夜景を眺められていたら、と思う。それで私のことを好きになってくれるほど、彼女は単純じゃない。だけど、少なからず喜ばせることはできたはずだ。

それでも。

彼女があの日、デートを楽しかったと言ってくれたのは嬉《うれ》しかった。嬉しかったけれど、ああいうお情けじゃなくて、本気で楽しいと言わせたかった。

だけど、それは。

私の心はぐちゃぐちゃになっている。

「あと、あれで結構ゾワッとくるようなことが好きっぽいですね」

「ゾワッとくる？」

「はい。なんていうかな……。付き合って一周年の記念日に花をプレゼント！　とかそういう、今時流行《はや》らなくない？　って感じのことです」

「ああ、そういう……」

確かにわかばにはそういうところがあるかもしれない。傍《はた》から見たら恥ずかしいようなことでも、彼女はきっと喜ぶだろう。

そういうところがまた、可愛《かわい》いんだけど。

しかし、どうだろう。私がもし彼女の誕生日に花束でもプレゼントしたら、喜ぶだろうか。……いや、ない気がする。彼女が喜ぶなら、どれだけ恥ずかしくても、百本のバラでも百八本のバラでもプレゼントするのだが。

「実際嬉しいもんですかねー、そういうの。小牧さんは元彼にそういうプレゼントとかもらいました？」

「うーん……そういうのはなかったかな。プレゼントは嫌いじゃないけどね」

「まあ、なんかカッコつけすぎ感ありますよね。あと、枯れてきたらちょっと残念だし」

「あはは、そうだね」

話しているうちに、注文したものが届く。

私は頼んだクリームソーダをスプーンでくるくるかき混ぜた。毒々しくも見えるその緑色は、わかばの色だ。

だから、嫌いじゃない。

「でも、好きな人からもらったプレゼントなら、どんなものでも嬉しいのかもね」

「そういうものですかねー」

「夏織も彼氏ができたら、花で喜ぶようになってるかもよ？」

「うわぁ……なんか想像したらゾクゾクしてきました。もし私に彼氏ができて、惚気《のろけ》まくってたら言ってくださいね。黙りますから」

「大丈夫だよ。私、人のそういう話聞くの結構好きだから」

色々と、参考にできることもあるだろうし。

私はそのまま夏織からわかばのことを聞いて、しばらくなんでもない会話に興じた。

カフェから出て、二人でいくつか店を巡った後に駅まで彼女を送って、帰路に就く。意外に長い間彼女と一緒にいたらしく、日がもう沈み始めていた。

九月に入って、日が沈むのも早くなった気がする。

別段それに寂しさを感じることもないが。

私はそのまま家に帰ろうとして、ふと自分の家の前に誰かが立っていることに気がついた。

遠目でも、すぐにその人がわかばだということに気づく。私は咄嗟《とっさ》に駆け寄りそうになって、すぐに自制心を働かせた。気づいていないふりをして歩くと、彼女は私に気づいたらしく、小さく手を振ってくる。

少しだけ、迷う。

手を振り返してもいいんだろうか。

しかし、ここまで正面から手を振られたのに、何もしないというのもおかしい。さすがに手を振り返しただけで好意に気づかれるなどということはないはずだ。私は逡巡《しゅんじゅん》ののち、彼女に手を振り返した。

私の行動に何を感じたのか、彼女は目を見開いて、私を見つめてくる。

どういう感情からくる反応なんだろう。いつもと違う彼女の反応に少し不安を抱きつつも、私は彼女の前に立った。相変わらず、小さいと思う。大きいのは彼女の影だけだ。

「わかば。こんなところで何してるの？　ストーキング？」

「違うよ。ほら、見てここ」

わかばは私の家の前の塀を指差した。そこには、見覚えのある虫が止まっている。

「……カブトムシ？」

「そ。梅園《うめぞの》の家、何か塗ってたりする？　野生のカブトムシなんて久しぶりに見た」

「塗ってるわけないでしょ。馬鹿じゃないの」

わかばはぼんやりとカブトムシを眺めている。

いつからここにいるのかはわからないけれど、私が帰ってくるまでいてくれてよかったと思う。おかげでこうして、顔が見られた。

私はその真剣な瞳から少し目を離して、彼女のバッグに目を向けた。水族館に行った日に私がつけたストラップは、まだ外されていない。

ということは、気づいていないんだろうか。

そのストラップの裏側に、私の名前を書いたことに。そのことに気づいているなら、外しそうなものだが。気になりはするけれど、私から聞くのはおかしい。

しかし。私の名前に気づいてもなお、ずっとストラップをつけてほしいと願ってしまう。

「……家、入りたいから。そこどいて」

「入口は塞いでないでしょ。横通って」

「ここ、私の家なんだけど。私がどけって言ったらどかないと駄目」

「はいはいごめんなさい」

わかばはうんざりしたように言って、わかばの家がある方向に歩き出そうとする。

私は咄嗟に、彼女の手首を摑《つか》んだ。

「何、梅園。ご命令通り帰ろうと思ったんだけど」

「どけとは言ったけど、帰れとは言ってない」

「じゃあ、どうすればいいの？」

わかばは私を見上げてくる。大きな瞳が、夕日を受けて煌《きら》めいている。私はその瞳に、吸い込まれそうになった。

「……入れば。お茶くらいなら、あげる」

「……悪いものでも食べた？」

「私はわかばじゃないから、その辺に生えてる花の蜜吸ったりとかしない」

「小さい頃はしてたじゃん」

「わかばに無理やりさせられた、の間違いでしょ」

「でも、美味《おい》しかったでしょ？」

「別に。甘いだけでしょ」

私はわかばの手を引いて、家に戻った。

両親はまだ帰ってきていないらしい。最近は休日に二人で出かけることも増えているから、私にとっては好都合だった。

私は自分の部屋にわかばを押し込んで、キッチンでお湯を沸かした。

夏織曰《いわ》く、わかばはメロン以外だとカモミールティーが好きらしい。だから今日、帰りにお茶屋さんで買ったのだが、果たして。美味しい淹《い》れ方は帰ってくるまでに調べておいたから、抜かりはないと思うが。

　ポットにお湯を注いで、それを部屋に持っていく。

　お茶菓子はメロンのやつもあったけれど、今日は普通のクッキーにしておく。あまり風味がぶつかり合うような組み合わせは良くない気がする。

　それに、何度もメロンのお菓子を出していると、他意を感じさせてしまいそうだ。実際私は別段メロンの味が好きではないから、他意だらけなのだが。

「お茶とお菓子、持ってきた。食べれば」

「……ありがと」

　私はカップにお茶を注いで、彼女の方に差し出す。

　わかばは少しだけ、嬉しそうな顔をした。

「これって、カモミール？」

「そう。家にあったやつ」

「へー。私、結構好きなんだ」

「ふーん」

　よかった。

　夏織のことを疑っていたわけじゃないけれど、ちゃんとわかばが喜んでくれて、少し安心する。

喜ばせてしまっていいのか、とは思うけれど。

「……ん、美味しい。いい趣味してるね、梅園」

カップに口をつけて、彼女は言う。

自然と、その柔らかそうな唇が目に入る。何度もキスはしてきたけれど、彼女の唇から興味がなくなることはない。いつ見ても新鮮に触れたいという思いが湧いてくるし、きっと一万回触れたって飽きないと思う。

静かな部屋で、二人。

カモミールの匂いに包まれながら、何をするわけでもなくぼんやりと視線を交わらせる。わかばとならどんな時間を過ごしてもいいと思うけれど、こういうのもまた、好きだった。

夕暮れ時は辺りが何かと忙《せわ》しないが、そんな中でゆったりしているのは特別感があっていい。

できることならこの時間を永遠に続けて、わかばのことを見つめていたいものだが。

そうもいかないから、私はゆっくりと口を開いた。

「わかばは、何してたの」

「今日？　んー……考え事？」

「何それ」

声を発しても、静かな雰囲気が崩れることはない。

部屋に差し込んだ黄昏時《たそがれどき》の日の光が、この静けさを繫《つな》ぎ止めてくれているのかもしれない。いつもよりずっと、静かに。私は彼女のことを見つめた。

「梅園は?」

「ショッピング」

「ふーん……何か、いいものあった?」

「別に」

会話が止まる。

皿のクッキーに手を伸ばすと、わかばと手がぶつかった。柔らかくて、小さな手。私は思わず、その手を摑んだ。

「梅園。クッキー食べれないいんだけど」

誰もいない家で二人きり。

だからってわけじゃ、ないけれど。

私はわかばの隣に移って、軽く彼女の胸を押した。彼女は自分の体を支えられない人形みたいに、ふわりと床に背中をつけた。

本当に、軽く押しただけだ。力なんて一切込めていない。それでも彼女は、倒れた。

なんでと聞くのは怖くて。もし一言でも余計なことを口にしたら、すぐにこの雰囲気も、彼女も、消えてしまうような気がして。

だから私は彼女と指同士を絡ませ合った。抵抗の感触はない。

「どうしたの、梅園」

わかばは蠱惑的《こわくてき》な笑みを浮かべる。

鼓動が速くなるのを感じた。

「……わかば」

本当に、カブトムシを見ていただけ？

私を待ってくれていたとか、こうされるのを期待していたとか、そういうのは。聞いたら全部終わってしまう。

何かを期待すればするほど、言葉は胸の内で溢《あふ》れて、喉から出ないまま弾けて消えていく。弾けた言葉の百分の一でも、口にできていたら。私はわかばから、本当に欲しい言葉を返してもらえていたのだろうか。

わからないまま、もう片方の手を彼女の手に重ねる。

今度は彼女の方から、指を絡ませてきた。

「なんでさっき、手振り返してくれたの？」

思わぬ言葉に、息が詰まる。

「それ、は」

何が正解かわからない。

言葉を間違えたらわかばは私の前から消えてしまうかもしれない。ありもしない退路に足を乗せようとしたら、そのまま奈落に落ちていくのは必至だ。

だから私は、何も言えない。

「まあ、いいんだけど。私ね——」

わかばが何かを言いかけた時、家の鍵が開く音が聞こえた。どうやら、両親が帰ってきたらしい。

思わず手から力を抜くと、わかばはするりと私から離れて、そのままバッグを手に持った。

もう、帰ってしまうんだろうか。

「そろそろ帰らないと。お茶、ありがとね。美味しかった」

「別、に」

わかばは立ち上がって、バッグの中から何かを取り出した。

見れば、それは油性ペンのようだった。彼女は慣れた手つきでキャップを外すと、そのまま私の頰《ほお》に触れてきた。

いきなりのことに、抵抗する暇もなく。頰にペンの先が滑るのを感じた。顔に何を書かれたのかわからないまま、私は彼女を見つめる。

彼女は、笑った。

「じゃあね、梅園。お邪魔しました！」

わかばはそれだけ言って、そそくさと部屋を出て行ってしまう。

扉の向こうから声が聞こえる。どうやら、両親に挨拶をしているようだった。私はゆっくりと立ち上がって、窓の外を眺めた。すでに道路にはわかばの姿があって、こちらを見上げる彼女と目が合う。

わかばはまた、私に手を振ろうとして手を上げたけれど、やめたようだった。

一瞬だけ、彼女はひどく寂しそうな顔をしてから、私の方に笑いかけてきた。

私は彼女に何も返せないまま、歩き出した彼女の背中を目で追った。その小さな背中が見えなくなるまでずっと眺めて、しばらく窓の近くで立ち尽くす。

それから、我に返って動き出して、姿見の前に立った。

「……やっぱり、好きだ」

私の頬には、大きく『わかば』と書かれていた。

それがどんな意図で書かれたかなんて、わかるわけがないけれど。どんな理由にしても、彼女が私の頬に名前を書いてくれたのは確かだ。

できればそれが、マーキングであってくれればいいと思う。

だけど、彼女が私のことを好きになって、独占欲を抱いてくれるなんてありえないとわ

かってもいる。妄想はできても、現実はそう甘くない。

　私は頬に触れた。

　これを消さずに、明日学校に行ったらどうなるんだろう。わかばは怒るだろうか、喜ぶだろうか。……それとも。

　わからない。わかばの反応は、読めない。彼女の感情をコントロールするとか、彼女に愛してもらうとか。やっぱり今の私には無理で、彼女に嫌われる方がよっぽど簡単だと思う。

　問題は、彼女に好かれたいと願う私の本能なのだけど。

「好き。好き、好き、好きだ。私は、わかばが好き」

　鏡の前で何度も呟《つぶや》く。わかばの前では素直に口にできないけれど、ずっとずっと、ずっと昔から抱いてきた言葉を。

　この感情をどうすればいいかなんてわからない。

　彼女が私を好きになってくれないからって、この感情は消えない。

　彼女に愛してほしいし、彼女の恋人になりたいという願いはなくならない。

　それでも。

「……そうだ」

　これまで通り、彼女の大事なものを奪っていく。今の私にできることは、きっとそれだけだ。

良い思い出にも悪い思い出にも、私の姿が染み付くように。これから先彼女が、誰とどんなことをしても、私のことを思い出してくれるように。

彼女がしわしわの老婆になっても、最後のその時に私のことを思い出すようになるまで。

彼女の初体験を、全部奪おう。

私は自分の頬をそっと撫《な》でた。ペンの跡には彼女の体温なんて一切ないけれど。だけど、熱いくらいの何かを感じる。

文字が消えてしまっても、きっと私の心には彼女の書いた文字が残り続ける。

わかばにとっても、私がそうであればいいと思った。

あとがき

こんにちは！　犬甘《いぬかい》あんずです！

こうして二巻を出させていただけること、本当に嬉《うれ》しく思います！　本作一巻がデビュー作ということで、発売してから割とずっとそわそわしております。

一巻では豪華な特典をつけていただいたり、ＰＶを作っていただいたり、嬉しいことがたくさんありました。

大西亜玖璃《おおにしあぐり》さんと矢野妃菜喜《やのひなき》さんが演じてくださったＰＶは今でも頻繁に見ています。わかばの声も小牧《こまき》の声もイメージ通りで、すごい！　という気持ちしかありません。何度見てもすごいです！

そして、一巻を手に取ってくださった皆様、感想やメッセージをくださった皆様、ありがとうございます。皆様にいつも支えられています！

わかばと小牧のお話も二巻目となりましたが、相変わらず二人はすれ違っています。わかばの態度がちょっとだけ軟化したり、小牧が少しずつ本音を話すようにはなってきましたが、相変わらずトゲトゲヤマアラシ状態ですね。

どれだけ嘘《うそ》をついたところで、自分の本当の気持ちから逃げることはできないもので。

二人が素直になる日もそう遠くないのかなと思っています。

わかばと小牧が素直にお互いの気持ちを言えるようになる日まで、一緒に見守っていただけたら嬉しいです。

そして。本巻が皆様にお届けされる頃には、コミカライズも始まっていることと思います。

私は一足先に原稿を読んでいるのですが、とても良いので皆様にも早く見ていただきたい気持ちでいっぱいです！

絵柄が可愛《かわい》い！　二人の表情が豊かなところも可愛い！　二人の身長差の逆転も良い！

……ということで、コミカライズは二月にヤングエースＵＰで始まっているはずなので、見ていただけるととても嬉しいです。


最後に謝辞を。

担当編集様。受賞してから今まで、本当に色々お世話になっております。いつもありがとうございます。

ねいび先生。一巻から引き続き、素敵なイラストをありがとうございます！　先生の描くわかばたちが大好きです。

コナタエル先生。コミカライズを担当してくださりありがとうございます。いつも楽しみにしております。

大西亜玖璃さん、矢野妃菜喜さん。わかばと小牧にぴったりの声を当ててくださりありがとうございます！

最後に、この本を手に取ってくださった皆様、いつも応援してくださっている皆様、およびこの本に携わってくださった全ての皆様に、この場を借りて深く御礼申し上げます。

いつかまたお会いしましょう！　それでは！

性悪《しょうわる》天才《てんさい》幼《おさな》馴染《なじみ》との勝負《しょうぶ》に負《ま》けて初体験《はつたいけん》を全部《ぜんぶ》奪《うば》われる話《はなし》2

著　犬甘《いぬかい》あんず

角川スニーカー文庫　24117

2024年4月1日　初版発行

発行者　山下直久

発　行　株式会社KADOKAWA
〒102-8177 東京都千代田区富士見2-13-3
電話　0570-002-301（ナビダイヤル）

印刷所　株式会社暁印刷
製本所　本間製本株式会社

Printed in Japan　ISBN 978-4-04-114777-1　C0193

★ご意見、ご感想をお送りください★
〒102-8177 東京都千代田区富士見 2-13-3
株式会社KADOKAWA　角川スニーカー文庫編集部気付
「犬甘あんず」先生「ねいび」先生

角川文庫発刊に際して

角川源義

第二次世界大戦の敗北は、軍事力の敗北であった以上に、私たちの若い文化力の敗退であった。私たちの文化が戦争に対して如何に無力であり、単なるあだ花に過ぎなかったかを、私たちは身を以て体験し痛感した。西洋近代文化の摂取にとって、明治以後八十年の歳月は決して短かすぎたとは言えない。にもかかわらず、近代文化の伝統を確立し、自由な批判と柔軟な良識に富む文化層として自らを形成することに私たちは失敗して来た。そしてこれは、各層への文化の普及滲透を任務とする出版人の責任でもあった。

一九四五年以来、私たちは再び振出しに戻り、第一歩から踏み出すことを余儀なくされた。これは大きな不幸ではあるが、反面、これまでの混沌・未熟・歪曲の中にあった我が国の文化に秩序と確たる基礎を齎らすためには絶好の機会でもある。角川書店は、このような祖国の文化的危機にあたり、微力をも顧みず再建の礎石たるべき抱負と決意とをもって出発したが、ここに創立以来の念願を果すべく角川文庫を発刊する。これまで刊行されたあらゆる全集叢書文庫類の長所と短所とを検討し、古今東西の不朽の典籍を、良心的編集のもとに、廉価に、そして書架にふさわしい美本として、多くのひとびとに提供しようとする。しかし私たちは徒らに百科全書的な知識のジレッタントを作ることを目的とせず、あくまで祖国の文化に秩序と再建への道を示し、この文庫を角川書店の栄ある事業として、今後永久に継続発展せしめ、学芸と教養との殿堂として大成せんことを期したい。多くの読書子の愛情ある忠言と支持とによって、この希望と抱負とを完遂せしめられんことを願う。

一九四九年五月三日

男嫌いな美人姉妹を
名前も告げずに助けたら
一体どうなる？
みょん Illust.ぎうにう
早く私たちに
溺れればいいのに
──濃密すぎる純情ラブコメ開幕。
1巻
発売後
即重版!
学年一の美人姉妹を正体を隠して助けただけなのに「あなたに隷属したい」
「君の遺伝子頂戴?」……どうしてこうなったんだ？　でも“男嫌い”なはずの姉
妹が俺だけに向ける愛は身を委ねたくなるほどに甘く──!?

スニーカー文庫

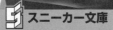